Zattomare

Joachim Strienz

Zattomare

Caracalla und der Schamane

Eine Erzählung

Joachim Strienz ist Arzt und lebt in Stuttgart

Die Deutsche Nationalbibliothek verzeichnet diese Publikation in der Deutschen Nationalbibliografie; detaillierte bibliografische Daten sind im Internet über http://dnb.d-nb.de abrufbar.

Herstellung und Verlag
BoD-Books on Demand, Norderstedt

ISBN 978-3-7448-9307-7

Verzeichnis der Personen

Zattomare	Schamane der Selvaner
„Caracalla" d. i. Marcus Aurelius Severus Antoninus	Römischer Kaiser (188-217 n. Chr.)
Gaius Suetrius Sabinus	Statthalter der Provinz Raetien (175-240 n. Chr.)
Sagomare	Anführer der Selvaner
Cintugene	Sohn des Sagomare
Luguvale	Sohn des Sagomare
Tapara	Tochter des Sagomare

Start

Zattomare

Zattomare ist ein Schamane. Er wollte diese Aufgabe eigentlich nicht übernehmen, aber sein Vater hatte damals alles daran gesetzt, bis er sich dazu bereit erklärt hatte und schließlich sein Schüler wurde.

Er hatte sich zunächst gewehrt, denn diese Verantwortung wollte er nicht übernehmen. Sein Vater hatte monatelang nicht mehr mit ihm gesprochen, ja, ihn nicht einmal mehr angesehen. Diese Verantwortung konnte er aber wirklich nicht übernehmen. Er war ja damals noch so jung gewesen. Das konnte man von ihm nicht verlangen. Er wollte frei sein.

Also zog er mit den Ziegen in die Berge. Er liebte sie und sie liebten ihn. Diese Tiere waren so neugierig, sie beobachteten ständig alles und schauten ihn immer wieder an, als wollten sie sich vergewissern, ob er noch bei ihnen war. Er verstand sie einfach. Irgendwie hatte er eben immer das Gefühl, sie zu verstehen. Immer waren sie um ihn herum. Setzte er sich hin, dann kamen sie zu ihm und leckten sein Gesicht. Es war wie eine Liebkosung. Er nahm sie in den Arm und tätschelte den Kopf. Sie meckerten vor Freude. Es hörte sich oft an wie ein Lachen. Irgendwie bestand eine Wesensverwandtschaft.

Er zog mit ihnen in die Berge und kein Tier ging jemals verloren. Sie kamen immer wieder alle zurück.

Dann kam aber der entscheidende Tag.

Am Morgen war alles noch gut gewesen. Die Sonne ging auf wie immer, aber die Morgenröte zeigte bereits den Wetterumbruch an. Die Weide war hoch oben am Berg. Es war mitten im Sommer, aber das Gras war noch sehr jung. Klar, der Schnee war erst vor einigen Wochen weggetaut und das junge Grün hatte nur wenig Zeit gehabt, um sich zu entwickeln.

Dann zogen aber immer mehr Wolken auf. Niemand dachte sich dabei irgendetwas Besonderes. Aber die Wolken wurden immer dichter und dann war die Sonne plötzlich weg. Ein Gewitter rollte heran. Die Luft wurde schwer. Es wurde richtig dunkel um sie herum. Blitze zuckten plötzlich am Himmel. Alle Ziegen kamen zurück und drängten sich an ihn. Sie fürchteten sich. Er stand in der Mitte. Immer wieder griff er an ein Horn. Er wollte sie beruhigen. Die Tiere schauten ihn an. Sie hatten Angst. Er verstand sie. Sie hatten wirklich jetzt große Angst. Sie spürten die Bedrohung, die jetzt auf sie zukam.

Ständig kamen neue Blitze, immer schneller, die Abstände wurden immer kürzer. Eine Felswand war in der Nähe. Hier konnten sie Schutz suchen. Wieder ein lauter Knall durch den Donner.

Plötzlich wurde es ihm sehr warm am Körper. Eine Unruhe hatte ihn außerdem erfasst. Es war unangenehm und er sah plötzlich alles um ihn herum so verschwommen. Dann war alles weg. Er spürte nichts mehr. Eine Stille trat ein. Ruhe und Stille. Er hatte die Erde verlassen. Sie war bereits hinter ihm. Später meinte er einen Tunnel gesehen zu haben und weiße Gewänder, aber sicher war er sich dabei nicht.

Plötzlich war in seinem Gesicht ein komisches Gefühl. Es war nass und klebrig. Er kannte das. Er wusste aber nicht, was es zu bedeuten hatte. Er hatte die Augen offen und sah jetzt wieder den Himmel, der blau war. Ein paar Schleierwolken konnte er dabei auch sehen.

Etwas schob sich zwischen sein Gesicht und dem Himmel. Es waren verschiedene Bewegungen. Jetzt fixierte er diese Bewegung genauer und er erkannte etwas Vertrautes. Es waren die

Ziegen, die sich über ihm bewegten. Immer wieder senkte sich ein Kopf und wischte mit etwas Feuchtem über sein Gesicht. Die Tiere leckten mit ihren Zungen über sein Gesicht. Sie wollte ihn wecken. Die Zungen waren groß, so kam es ihm jedenfalls vor. Er blickte in ihre Augen. Ja, jetzt erkannte er es. Sie waren groß und ängstlich. Irgendetwas war nicht in Ordnung und es hatte mit ihm zu tun. Das war ihm plötzlich klar.

Er lag auf dem Boden, über ihm waren die Ziegen und sie leckten über sein Gesicht. Das wusste er jetzt. Es musste etwas Schlimmes passiert sein. Langsam setzte er sich auf. Es ging. Er konnte sitzen. Alle Ziegen waren um ihn. Sie waren in Aufregung. Sie liefen durcheinander. Er wusste es sofort. Er schaute in die Ferne, der Himmel war noch immer blau. War da nicht ein Gewitter gewesen? Doch, doch! Er erinnerte sich an die Blitze und den Donner. Es blitzte ja auch noch immer in der Ferne.

War er etwa vom Blitz getroffen worden? Er schob die Hose hoch. Es war nichts zu sehen. Das Hemd war aber ganz zerknittert, und er zog es aus. Auf der linken Brustseite war ein schwarzer Fleck. Das Hemd war an dieser Stelle auch verbrannt. Jetzt hatte er Gewissheit. Er musste vom Blitz getroffen worden sein und er hatte überlebt. Ja, er hatte überlebt!

Eine große Dankbarkeit überkam ihn. Er war davon gekommen. Man wollte also, dass er weiterlebte. Aufgaben standen ihm bevor. Er musste sie jetzt übernehmen. Er würde zu seinem Vater gehen und seinen Plänen zustimmen. Er würde sein Nachfolger werden. Es war jetzt so bestimmt. Seine geliebten Ziegen mussten nun ohne ihn auskommen. Er würde sie aber so oft wie möglich besuchen. In Gedanken würde er aber immer bei ihnen sein. Er musste jetzt allerdings andere, wichtigere Aufgaben übernehmen. Er würde der neue Schamane der Selvaner werden.

Und so ist es dann auch gekommen. Der jüngere Bruder übernahm nun die Ziegenherde.

Er war monatelang Schüler seines Vaters gewesen. Er musste noch so viel lernen und der alte Herr wusste so unendlich viel. Es war aber nicht immer einfach mit ihm. Aber von Tag zu Tag ging es besser.

Er lernte leicht. Alle Familien der Gemeinschaft unterstützten ihn. Er würde der neue Schamane werden. Dann kam der Tag der Prüfung. Er musste 2 Wochen lang in der Wildnis überleben. Niemand durfte ihm helfen. Er hatte die Prüfung bestanden. Alle hatten ihm die Hand gereicht.

Er war jetzt der Nachfolger seines Vaters. Er bekam den langen Mantel mit den Metallplättchen und den Bärenkopf. Jetzt war die Verantwortung auf ihn übergegangen. Er war jetzt der neue Schamane.

Caracalla

Der Name „Caracalla" ist ein Spitzname. Eigentlich heißt er Marcus Aurelius Severus Antonionus. Die Eltern hatten ihn aber immer Bassianus gerufen. Caracalla war der Name eines Kleidungsstücks, das er für die Soldaten eingeführt hatte. Es war der Kapuzenmantel für schlechtes Wetter. Er hatte ihn erstmals in England gesehen. Dort regnete es ja viel. Im Kapuzenmantel blieb man aber lange trocken.

Eigentlich war der Mantel ja eine Erfindung der Kelten gewesen. Den Soldaten hatte der Mantel gut gefallen, denn gleichzeitig gab es eine kräftige Solderhöhung dazu.

Er starb 4 Tage nach seinem 29.Geburtstag genau vor 1800 Jahren in der Türkei. Genauer in Harran. Diese Stadt liegt heute an der syrischen Grenze. Harran ist der Ort, von wo aus Abraham ins heutige Israel, also ins Heilige Land, gezogen ist.

Caracalla starb auf der Toilette. Die persönliche Leibwache hatte rasch an der Straße das Toilettenzelt aufgebaut. Er hatte sich erleichtert niedergelassen, dann stachen sie zu. Seine Leibwache hatte gerade nicht aufgepasst. Es gab für die Verschwörer keine günstigere Gelegenheit als diese. Jetzt hatten sie ihn endlich los. Es war wie eine Befreiung.

Nie war seine Umgebung damals ihres Lebens sicher gewesen. Wenn er wollte, dann konnte er einen nach dem anderen selbst oder durch andere umbringen und dabei war er nicht zimperlich. Immer hatte er Angst, sie führten etwas gegen ihn im Schilde. Sein Misstrauen war grenzenlos. Sein durchdringender Blick. Damit wollte er sie beherrschen.

Dabei hatte er wirklich eine sehr schöne Kindheit gehabt. Seine Eltern hatten ihn und seinen Bruder sehr geliebt. Schon als ganz kleiner Junge durfte er mit seinem Vater überall mitreisen. Sie lebten ja damals noch in Frankreich, in Lyon. Aber der Vater musste dann wieder dienstlich zurück nach Italien und später waren sie dann auch in England gewesen. Das Klima war dort nicht so toll, denn eigentlich liebte er die Sonne und die Wärme. Sein Sternzeichen war Widder und das sagte eigentlich schon alles.

Ihn konnte man so schnell nicht unterkriegen.

Seine Eltern stammten ja überhaupt nicht aus Europa. Eigentlich hatte er ja einen Migrationshintergrund, wie man heute sagen würde. Sein Vater war Nordafrikaner, genauer gesagt, er stammte aus Libyen, und er war Statthalter dieser Provinz gewesen. Seine Mutter war aus Syrien, genauer aus Homs. Aus dieser Stadt kam auch der Vater von Steve Jobs, dem Erfinder des I-Phones. Bassianus hieß auch sein Großvater, der Vater seiner Mutter. Er war ein Priester des Sonnengottes gewesen.

Caracallas Mutter war die zweite Frau seines Vaters. Er hatte sie erst dann geheiratet, nachdem er sich von einem Astrologen hatte beraten lassen. Etwa ein Jahr nach seiner Geburt kam sein Bruder Geta zur Welt. Sein Vater hatte ihn, den älteren, immer bevorzugt. Geta war immer der kleine Bruder gewesen. Im Alter von 5 Jahren wurde sein Vater von seinen Soldaten in Ungarn zum Kaiser ausgerufen.

Die Familie lebte damals bereits in Rom. Unverzüglich kam der Vater nach Rom zurück und erhielt dort die Anerkennung zum Kaiser des Römischen Reiches.

Bis zu diesem Zeitpunkt soll Caracalla noch ein normales Kind gewesen sein. Das sagen die Zeitzeugen. Er soll ein freundliches und mitfühlendes Wesen gehabt haben.

Mit der Machtübernahme seines Vaters änderte sich die Situation aber grundlegend. Zunächst erhielt Caracalla einen neuen Namen. Die Familie legitimierte sich durch die fiktive Adoption durch den früheren Kaiser Marc Aurel. Dieser Mann wurde nach seinem Tod zum Gott erklärt.

Der 7-jährige Caracalla war nun der Enkel eines Gottes. Im Alter von 8 Jahren wurde er dann auch noch zum Cäsar ernannt. Mit 9 Jahren war er bereits zum Mitkaiser befördert worden. So etwas hatte es in der römischen Geschichte bisher noch nie gegeben.

Dies alles geschah inmitten eines brutalen Bürgerkrieges. Der Vater musste deshalb ständig seinen Standort wechseln. Nur durch Brutalität hatte der Vater seine Stellung überhaupt behaupten können. Er blieb dadurch aber der mächtigste Mann des Reiches.

Der Sieg des Vaters wurde auch sein eigener. Der Vater hatte ihm gezeigt, wie man seine Macht behaupten konnte.

Danach ging der Vater nach Persien, dann nach Syrien und später nach Ägypten. Es waren immer Kriege gegen die dortigen Herrscher und ihre Bevölkerung. Das Machtzentrum lag nun nicht mehr in Rom selbst, sondern immer dort, wo sich der Kaiser gerade aufhielt.

Ein besonders wichtiges Ereignis war der 6-monatige Aufenthalt der Familie in Ägypten. Der Vater sollte dort die Getreideversorgung Roms sicherstellen. Die Familie beschäftigte sich mit ägyptischer Mythologie. Auch in der Mode gab es dadurch Veränderungen. Der Vater änderte seine Frisur und die Ausformung seines Bartes.

Dies alles hinterließ bei Caracalla Spuren. Er wurde immer verschlossener und ernster.

Nach Ägypten ging es wieder nach Syrien und Caracalla war nun 13 Jahre alt. Nach damaligem Recht hatte er nun das Ende seiner Kindheit erreicht. Der Vater erklärte ihn nun zum Mann und die Familie kehrte wieder nach Rom zurück.

Die nächste Station war seine Heirat. Eine Frau musste nun für ihn gefunden werden. Sie wurde schließlich auch gefunden, und sie hieß Plautilla. Sie war die Tochter des Befehlshabers einer Eliteeinheit, der Plautianus hieß. Der Mann war sehr mächtig und auch einflussreich.

Als er dann aber zu mächtig wurde, ließ Caracalla ihn später ermorden.

Plautianus stammte ebenfalls aus Nordafrika, wie sein Vater. Beide kamen sogar aus der gleichen Stadt. Plautianus unterstellte Caracallas Mutter einen „unsteten" Lebenswandel. Sie fühlte sich durch ihn in ein schlechtes Licht gerückt und zog sich deshalb weitgehend aus dem öffentlichen Leben zurück.

Der Vater Caracallas hatte das alles eingefädelt. Plautianus sollte Caracalla zum Kaiser erziehen. Ständig machte er aber Caracalla Vorhaltungen. Diese Aufgabe überforderte ihn.

Irgendwann war das alles Caracalla zu viel. Die Ehe scheiterte. Dann schlug Caracalla zu. Plautianus, sein Schwiegervater, wurde ermordet und seine Kinder, also auch Caracallas Frau, wurden auf eine sizilianische Insel verbannt und später dort ebenfalls ermordet.

Der Plan seines Vaters war also vollständig gescheitert.

Caracalla war damals erst 17 Jahre alt. Das Verhältnis zu seinem jüngeren Bruder Geta war bereits zu dieser Zeit sehr schlecht. Es war von großer Konkurrenz geprägt. Später entwickelte sich ein Kampf um die Nachfolge des Vaters. Der Vater versuchte den Ausgleich. Beide Söhne wurden deshalb zu Konsuln ernannt.

Im Alter von 20 Jahren verließ die kaiserliche Familie Rom in Richtung Britannien. Der Vater war bereits kränkelnd. Er wollte die Söhne dem ausschweifenden Leben in Rom entziehen.

Geta übernahm dort zivile Aufgaben, Caracalla die militärischen zusammen mit seinem Vater. Caracalla versuchte bereits dort die Macht an sich zu reißen. Geta wurde deshalb vom Vater zum Mitkaiser erhoben.

Erstmalig in der Geschichte des Römischen Reiches gab es also drei Kaiser gleichzeitig.

Die Armee hatte den Eid auf alle drei Kaiser abgelegt. Dies alles hatte Caracalla aber damals trotzdem als Niederlage empfunden.

Der Vater starb in York. Caracalla war nun 23 Jahre alt. Der Vater sagte damals auf dem Sterbebett: „Bleibt einträchtig, bereichert die Soldaten und schert euch um all das Andere den Teufel".

Beide regierten zunächst gemeinsam. Aber beide hatten ständig Angst vor gegenseitigen Attentaten. Eine Reichsteilung wurde in Erwägung gezogen. Sie scheiterte aber am Veto der Mutter.

Dann agierten beide offen gegeneinander. Sie planten gegenseitige Anschläge. Ende Dezember 211 n. Chr. wurde Geta im Beisein der Mutter von Soldaten ermordet. Dabei verletzten sie aber auch die Mutter an der Hand, weil sich Geta auf sie geworfen hatte.

Caracalla sicherte sich nun die Armee. Er versprach eine Solderhöhung. Alle Anhänger Getas und ihre Familien wurden ermordet. Es waren viele Tausende. Keiner durfte mehr den Namen Getas erwähnen. Auch die Mutter nicht.

Weiterhin versuchte Caracalla das Volk mit Wohltaten zu besänftigen. Es gab Zirkus- und Gladiatorenspiele, wobei er sich volksnah zeigte und die Zuschauer aus der Arena heraus selbst begrüßte.

Auch eine große Therme wurde errichtet. Indem er den von den Soldaten geschätzten Kapuzenmantel auch ans Volk verteilen ließ, versuchte er alle zu seinen Anhängern zu machen. Diese Maßnahmen verschlangen riesige Geldmittel, die durch Steuererhöhungen und minderwertige Münzen ausgeglichen wurden.

Das größte kaiserliche Geschenk war allerdings die Verleihung des Bürgerrechts an alle freien Reichsbewohner. Dadurch konnten die Steuereinnahmen erhöht werden.

Der Kaiser war jetzt 27 Jahre alt. Seine Rücksichtslosigkeit und seine Brutalität hatten nun einen Höhepunkt erreicht. Nochmals traf er in Ägypten ein und richtete dort ein Blutbad unter den Einwohnern an. Die Bevölkerung bereitet deshalb einen Aufstand vor, der aber von der römischen Armee mit aller Härte niedergeschlagen wurde.

Caracalla wütete weiter. Bei der geplanten Vermählung mit der persischen Königstochter ließ er einen Großteil der ahnungslosen Gäste ermorden. Seine Unberechenbarkeit und Grausamkeit wurde gefürchtet.

All das hinterließ seine Spuren beim Kaiser. Eine seelische Krankheit brach aus und verstärkte sich fortlaufend. Paranoia wurde sie später genannt. Er wurde verfolgt von seinem Vater und seinem ermordeten Bruder. Es wurde immer schlimmer, weshalb er Linderung bei den Heilgöttern Aesculap, Sarapis und Apollo Grannus und ihren Heiligtümern suchte. Zeitweise hielt er sich auch für Alexander den Großen.

Limestor in Dalkingen

Am 11. August 213 n. Chr. überschritten römische Truppen den Limes, um gegen die Barbaren Krieg zu führen. Caracalla war persönlich vor Ort. Seine Reiseroute dorthin ist aber nur eingeschränkt der Nachwelt übermittelt worden.

Er war am 29. Juli von Rom aus aufgebrochen und dann nach Norden gereist. Das Vorhaben war bereits im Frühjahr vorbereitet worden. Auf Grund seiner nervlichen Erkrankung besuchte Caracalla auch zwei keltische Heiligtümer südlich des Limes. Er hoffte auf Heilung. Dort hielt er sich auch auf, als der Feldzug begann. Die heutigen Orte heißen Faimingen, damals Phoebiana genannt, an der Donau und Neuenstadt am Kocher, es hieß damals Civitas Aurelia Granni.

Zu diesem Anlass wurden neue Straßen angelegt. Das Heiligtum in Faimingen wurde extra repräsentativ ausgebaut. Der Ort wurde außerdem mit einer Mauer abgesichert um dem Sicherheitsbedürfnis Caracallas zu entsprechen.

Der Kaiser wechselte dann ins andere Heiligtum nach Neuenstadt am Kocher. Allerdings erst nach dem Feldzug. Der Sieg über die Barbaren fand am Main statt. Im Gebiet des heutigen Schweinfurt. Während das große Heer wieder nach Mainz zurückmarschierte, kam er mit seiner Leibgarde in Neuenstadt an.

Es ging danach auch nicht mit dem Heer zurück zum Rhein, sondern bei Cannstatt über den Neckar zurück an den Limes. Nein, er reiste auch nochmals nach Phoebiana, denn es ging ihm immer noch nicht gut.

Wieder hatte er hinterhältig gefangengenommene germanische Krieger einfach vor ihren Frauen und Kindern von seinen Soldaten töten lassen. Er wollte seine Macht zeigen.

Die Straßen wurden nach dem Feldzug an strategischen Stellen mit Statuen geschmückt. Soldaten dankten für ihre glückliche Rückkehr. Auch die Mutter Caracallas wurde lobend erwähnt.

In Phoebiana empfing er auch Gesandte. Für einige Tage war dort der Mittelpunkt des Reiches. Von dort aus ging es auch nicht nach Rom zurück, sondern die Donau abwärts. Doch bevor er aufbrach, wurde das Limestor zu Ehren des Kaisers fertiggestellt. Es steht heute in Dalkingen.

Östlich der Jagstniederung gab es schon lange eine Öffnung am Limes, nämlich einen einfachen Grenzdurchgang mit einem Wachposten. Dieser Grenzdurchgang wurde während seines Bestehens mehrfach verändert und ausgebaut.

Westlich vom Grenzübergang, nur wenige Kilometer entfernt, stand das Kastell Buch. Dort wurden die Wachsoldaten für den Grenzdurchgang abgestellt. Die erste Bauphase erfolgte über 50 Jahre bevor Caracalla am Limes erschien. Es war das Jahr 161. Ein römischer Bautrupp errichtete entlang der Grenze zunächst nur einen einfachen Flechtwerkzaun. Es war somit ein erstes „Annäherungshindernis".

Dieser Zaun lag vor der späteren Mauer. Gleichzeitig wurde ein hölzerner Wachturm errichtet. Er hatte eine Größe von 5x5m. Neben dem Wachturm war eine „Schlupfpforte". Später wurde der hölzerne Wachturm zu einem Steingebäude verändert.

Im Jahr 165, also 5 Jahre später, wurden von der Jagst Eichenstämme zum Limestor transportiert. Der alte Flechtzaun wurde entfernt und durch Holzpalisaden ersetzt. Dabei wurde auch der Platz am Durchgang vergrößert. Auch das Grenzgebäude, das Wachhaus, selbst wurde vergrößert. Es hatte nun eine Größe von etwa 14 Metern. Mehrere Räume befanden sich darin. Es war ein typisches Wachlokal, mit Stuben und der

Verwaltung für den Grenzverkehr. Auf dem Gebäude selbst war möglicherweise später auch der Wachturm gestanden.

Kurz nach der Jahrhundertwende mussten die hölzernen Palisaden allerdings schon wieder erneuert werden. In der Zeit von Septimus Severus, Caracallas Vater, wurde der Limes dann in Stein ausgebaut. Das geschah im Jahr 206. Auch das Holzgebäude wurde abgerissen und durch ein Steingebäude ersetzt. Es war etwas kleiner als das Holzgebäude ausgefallen. Die „Schleusenfunktion" des Vorgängerbauwerkes wurde aber übernommen. Ein Schwellenstein, als Markierung für den exakten Grenzverlauf wurde zusätzlich eingefügt.

Im Jahr 213, als bekannt wurde, dass Caracalla am Limestor erscheinen würde, wurde eine Prunkfassade errichte. Das Limestor stand auf einer Anhöhe und war von weitem gut sichtbar. Seitlich davon befand sich die Grenzanlage, und sie war auch bis zum Horizont hin sichtbar.

Das Tor war jetzt ein repräsentativer Prunkbogen mit einer mittleren Öffnung, mehreren Säulen und Verzierungen.

Schräg davor nach Osten hin stand die überlebensgroße Statue Caracallas auf einem Steinsockel. Auch sie war wegen ihrer Größe weithin sichtbar.

Der Bogen selbst war nur auf der Südseite repräsentativ gestaltet worden. Die Rückseite zum Barbarenland hin war nur einfach gemauert. Der Bogen sollte nur nach Süden seine Wirkung entfalten. Es war ein Triumphalmonument, das den Sieg über die Barbaren symbolisieren sollte.

Vor dem Monument war ein Versammlungsplatz eingerichtet worden. Caracalla sprach hier zu den Soldaten vor dem Feldzug. Auch nach seinem Tod wurde er an diesem Ort von den Soldaten weiter verehrt.

Nach der Ansprach hatte Caracalla mit einem Truppenkontingent den Limes überschritten. Das Hauptheer folgte von verschiedenen Seiten ins Kampfgebiet.

Wer war der Auftraggeber des Prunkbogens? Es war der Statthalter Raetiens Gaius Suetrius Sabinus. Er begleitete den Kaiser beim Feldzug ins Barbarenland. Er war der eigentliche Stratege des Feldzuges gewesen. Aus Dankbarkeit für das Wohlwollen des Kaisers ihm gegenüber ließ er den Prunkbogen errichten.

Paranoia

Paranoia heißt wörtlich aus dem griechischen übersetzt: „neben dem Verstand", also „verrückt".

Es ist die Bezeichnung für eine psychische Störung, bei der die Wirklichkeit (Realität) falsch wahrgenommen wird.

Fast immer hat es der Betroffene mit einer feindseligen Haltung von äußeren Kräften zu tun. Zumindest empfindet er es so. Eine Verschwörung gegen ihn ist im Gange.

Das Beschwerdebild ist allerdings vielschichtig. Auf der einen Seite eine übertriebene Empfindlichkeit bei sonst normaler Wahrnehmung der Außenwelt bis hin zur schweren Psychose im Rahmen einer Schizophrenie.

Immer herrscht Misstrauen gegenüber Personen vor. Immer werden Handlungen anderer als feindselig angesehen. Verdächtigungen und Eifersucht sind vorherrschend. Er wird beobachtet und es wird über ihn gesprochen. Immer herrscht eine gefährliche Situation vor. Er muss wachsam sein.

Im Vordergrund steht eine Wahnthematik, die unterschiedlich lange andauern kann. Dabei gibt es verschiedene Ausprägungen: Liebeswahn, Größenwahn, Eifersuchtswahn, Verfolgungswahn und körperlicher Wahn.

Der Kranke hat das Gefühl verfolgt zu werden und entwickelt dazu Verschwörungstheorien. Er glaubt, dass andere beabsichtigen, ihn zu schädigen, zu betrügen oder gar auch zu töten. Dafür werden immer wieder auch „Beweise" präsentiert.

Er ist durch nichts von seinen Überzeugungen abzubringen.

1. Zattomare erwartet den Kaiser Caracalla

Zattomare stand auf einem vorspringenden Felsen und blickte ins Tal hinab. Zunächst sah er nichts, was sich dort verändert hätte. Doch nach einer Weile bemerkte er in der Ferne eine Staubwolke, die sich laufend vergrößerte. Wahrscheinlich waren es jetzt die Leute, die er erwartete.

Er blickte sich um. In einiger Entfernung von ihm standen Cintugene und Luguvale. Sie waren Krieger der Selvaner. Sie hatten ihn bis hierher begleitet. Die Selvaner lebten schon lange in den Alpen. Hier war ihre Heimat.

Beide blickten jetzt mit ernstem Gesicht zu ihm herüber. Sie wirkten angespannt. Jeder hielt den großen Bogen in der rechten Hand. Das Beil steckte im Gürtel und glänzte in der Sonne.

Luguvale drehte sich etwas auf die Seite und nun konnte man auch den Köcher mit den Pfeilen auf seinem Rücken erkennen. Beide steckten in ihren Lederhosen und den Felljacken aus kleineren zusammengenähten Lederstücken. Sie trugen heute nur die leichten Schuhe, denn es war ja Sommer. Ihre Mützen hatten sie in den Nacken geschoben.

Irgendwie herrschte jetzt doch eine gewisse Nervosität. Hier oben zu warten war für alle ungewöhnlich. Sie standen in der Sonne, die sich jetzt fast senkrecht über ihnen befand. Zattomare beugte sich wieder etwas vor und blickte nochmals ins Tal hinab. Jetzt sah er in der Ferne Reiter auf Pferden mit Rüstungen, die in der Sonne blitzten.

Es waren nicht viele, vielleicht etwa 100 Personen. Kein Heer oder gar eine Legion, die sich kilometerlang durch die Landschaft schob. Nein, eine Gruppe von Reitern und sie näherte sich jetzt doch relativ rasch.

Jetzt konnte er die Personen auch besser unterscheiden. Alle sahen sehr prächtig aus. Viel Rot sah er. Und natürlich das Gold der Rüstungen. Etwa in der Mitte der Gruppe und abgeschirmt ritt ein Mann mit einer Schärpe, die wegen ihrer blauen Farbe aus dem Rot besonders herausstach. Sein Pferd war auch besonders prächtig geschmückt.

Das musste derjenige sein, auf den er heute so lange gewartet hatte.

Vor ein paar Tagen war ein Trupp Reiter im Dorf erschienen mit dem zukünftigen Statthalter der Provinz Raetiens Gaius Suetrius Sabinus. Sie waren freundlich gesonnen gewesen, nicht so wie damals vor etwa 200 Jahren, als alle Bewohner von den Römern zunächst gefangen genommen worden waren und erst später dann wieder frei kamen.

Nein, diesmal wollten sie mit Sagomare sprechen. Später unterhielten sich dann auch Sabinus und Sagomare. Worüber sie sprachen, war zunächst nicht erkennbar. Dann holte jemand Zattomare hinzu. Es musste also etwas ganz Besonderes sein, wenn der Schamane selbst dabei sein sollte.

Als sich Zattomare damals gesetzt hatte, begann Sabinus auch zu sprechen. Es ging um den Kaiser selbst, das war das Besondere gewesen. Er war schwer erkrankt und brauchte jetzt dringend Hilfe. Das durfte natürlich niemand erfahren. Das sollte geheim bleiben. Der Kaiser war auf der Durchreise und sollte in etwa 5 Tagen über den Pass kommen.

Er wollte dann weiter bis an die Reichsgrenze reiten. Dort musste gekämpft werden. Er wollte die Feinde zurückdrängen, die immer näher an den Limes herangekommen waren. Die Geduld des Kaisers war nun zu Ende.

Aber, dem Kaiser ging es eben nicht gut. Dass er immer schlechte Laune hatte, daran hatte man sich bereits gewöhnt, aber, dass er manchmal Entscheidungen traf, die niemand verstand, das war eine Belastung. Er konnte auch grausam reagieren. Dann war man seines Lebens nicht mehr sicher. Davor hatten alle in seiner Umgebung Angst.

Seit neuestem war er allerdings auch gelegentlich ängstlich und fürchtete sich vor der Zukunft. Diese Gefühlsschwankungen waren ebenfalls schwer zu ertragen. Außerdem berichtete er über Stimmen, die ihm Befehle gaben, und das konnte nun wirklich niemand mehr verstehen.

Der designierte Statthalter selbst hatte Kontakt mit der Mutter des Kaisers Julia Domna aufgenommen und sich mit ihr beraten. Das war gefährlich, denn, wenn der Kaiser das erfahren hätte, dann konnte er gnadenlos sein. Dann rastete er aus. Deshalb musste auch das geheim bleiben.

Sie war aber bereits informiert. Jemand hatte ihr schon über den Zustand ihres Sohnes berichtet.

Sie hatte dann vorgeschlagen, einen Fachmann einzuschalten, aber es gab niemanden, der bereit gewesen wäre, dem Kaiser zu helfen. Keiner wollte sich auf diese gefährliche Aufgabe einlassen. Und, das war ja auch berechtigt. Mit dem Kaiser war nicht zu spaßen. Ein falsches Wort, und er begann zu toben.

Die Zeit verging, und es wurde tatsächlich niemand gefunden, der bereit gewesen wäre, ihm zu helfen. Allerdings besserte sich auch das Befinden des Kaisers nicht wesentlich. Es musste also dringend etwas geschehen. Nur wie? Und was?

Einflussreiche Leute am Hofe schlugen eine Kur vor. Apollo Grannus war in aller Munde. Dieser Gott könnte ihm helfen. Im nördlichen Reichsgebiet gab es Heiligtümer dieses Gottes. Das Bade- und Trinkwasser in seinen Tempeln war berühmt. Erst kürzlich waren Leute in Phoebiana gewesen und waren begeistert zurückgekommen. Dort musste also der Kaiser unbedingt hin.

Seine Mutter war allerdings ziemlich skeptisch gewesen. Der Geist ihres Sohnes war verfinstert. Sie glaubte nicht, dass Bacekuren hier eine Besserung erzielen konnten. Da musste mehr passieren, hatte sie gesagt. Dazu braucht es einen klugen und mutigen Kopf.

Aber, wo sollte der sein. Irgendwann kam Zattomare ins Spiel. Das Volk der Selvaner hatte lange Widerstand geleistet, als die römische Armee das Gebiet in Besitz nahm. Sie hatten das unwegsame Gelände benutzt, um immer wieder zu entkommen. Manchmal waren sie wie vom Erdboden verschluckt. Dann waren sie plötzlich wieder da. Geheime unterirdische Gänge wurden als Grund angenommen.

Die geistigen Führer waren schon damals Zattomares Vorfahren gewesen. Nach dem Feldzug war man gnädig mit ihnen umgegangen. Die Selvaner durften bleiben und ihr Kupfererz weiter verarbeiten. Die römische Armee selbst war aber an diesen Produkten nicht interessiert. Die Werkstätten wären auch gar nicht in der Lage gewesen, in so großen Mengen zu produzieren, wie sie das Militär gebrauchte hätte.

"Zattomare, wir brauchen dich! Der Kaiser ist jetzt in einer schwierigen Lage und damit wir alle auch", so hatte Sabinus dann gesprochen.

Zattomare hatte sich zurückgelehnt und nachgedacht. Er hatte ja eigentlich gar keine andere Wahl. Wenn er nicht zustimmte, dann würde das sicherlich großen Ärger hervorrufen. Konnte er denn überhaupt dem Kaiser helfen? Gab es dafür überhaupt Möglichkeiten? Wie sollte er das überhaupt anstellen?

Zattomare nickte. „Ich werde dem Kaiser helfen!" sagte er. Er hatte sich entschieden. Es war eine Entscheidung aus dem

28

Bauch heraus. In diesem Fall hatte es gar keinen Sinn, den Verstand einzuschalten. Er würde seine Hilfsgeister bitten, ihm zu helfen. Und dann würde man sehen, was passierte. Es waren aber sicher mehrere Behandlungen notwendig. Wie dies geschehen sollte, war ihm zunächst nicht klar.

Zattomare sprach weiter:

„Es gibt ja die Welt der sichtbaren Erscheinungen und die Welt der unsichtbaren Kräfte. Es sind die zwei Ebenen der Wirklichkeit. Die sichtbare Welt ist geordnet und entfaltet. Sie liegt direkt vor uns. Es ist die Welt, die wir täglich erleben. Die andere Welt ist noch eingefaltet, also noch nicht direkt sichtbar. Sie ist noch im Entstehen. Zu dieser Welt haben wir noch keinen direkten Zugang. Sie erschließt sich uns nur indirekt. Sie befindet sich außerhalb von Ort und Zeit. Beide Ebenen durchdringen sich aber. Die Dinge der entfalteten Welt wurzeln als Urbilder in der eingefalteten Welt, bevor sie sich manifestiert haben. Sie haben dort ihren Ursprung.“

Was wollte er eigentlich damit sagen? Hierauf setzte er aber seine ganze Hoffnung, wie dem Kaiser zu helfen war.

„Alles ist in der Schwebe und nur Weniges wird dann irgendwann auch zur Realität. Wer entscheidet eigentlich, was schließlich dann dazu wird? Nicht einmal der Kaiser verfügt über diese Macht. Wir kennen diese Prozesse noch nicht. Vielleicht ist es auch nur der Zufall, der alles regelt.“

Er machte eine Pause, um seine Gedanken wieder zu ordnen. Wahrscheinlich hatte niemand verstanden, was er damit eigentlich meinte.

Er hatte vor diesem Gespräch noch rasch seinen dunklen Mantel mit den Kupferplättchen und den silbernen Fäden angezogen. Auf dem Kopf trug er seine rote Kappe. Das verschaffte ihm Autorität.

Sie saßen da und keiner sprach mehr weiter. Alle blickten ihn erwartungsvoll an.

Plötzlich hatte er den Drang aufzustehen. Seine Größe zu zeigen. Und seine Macht. Der Schamane aus den Bergen. Er nahm dabei seine beiden Arme hoch.

„Nichts in dieser Welt ist fest, greifbar oder stabil. Es ist wie bei der Musik. Die Töne fließen, aber sie sind doch miteinander verbunden. Aus diesem Fließen versucht unser Verstand einzelne Teile zu bilden. Diese Elemente lassen uns dann die Welt erkennen. Die eingefaltete Ordnung bestimmt die entfaltete Ordnung. Wir neigen dazu, die entfaltete Ordnung als die wirkliche Welt zu empfinden, denn sie verhilft uns zu Stabilität. Die eingefaltete Welt ist für unser Denken nicht fassbar. Nur der Schamane kann beide Welten miteinander verbinden. Ich werde also diese Aufgabe übernehmen und mein Bestes geben."

Sabinus sprang nun ebenfalls auf und reichte dem Schamanen die Hand. Am liebsten hätte er ihn umarmt, aber das getraute er sich dann doch nicht. Stattdessen umarmte er Sagomare, der sich inzwischen ebenfalls erhoben hatte.

Die Stimmung war nun gelöst, Sabinus war erleichtert. Er hatte seinen Auftrag erfüllt. Er konnte dem Kaiser jetzt eine Hilfe anbieten.

Sabinus unterrichtete dann beide, wann mit dem Kaiser zu rechnen sei und verabschiedete sich. Rasch waren dann die Reiter zwischen den Felsen wieder verschwunden.

Plötzlich hatte sich alles verändert. Dieses kleine Volk tief in den Bergen erwachte plötzlich. Der Kaiser persönlich, der Herrscher der bisher bekannten Welt würde sie besuchen. Und zwar friedlich. Das war nicht selbstverständlich, denn überall, wo er hinkam, gab es Krieg und die Gegner wurden gnadenlos niedergemacht.

Aber hier oben gab es eigentlich nichts zu holen. Das Leben war karg und hätten die Selvaner nicht schon vor langer Zeit das Schmelzen des Kupfers erfunden, dann wäre alles auch so geblieben. Aber die Gewinnung des reinen Kupfers und seine Verarbeitung waren wirtschaftlich doch sehr erfolgreich. Damit hatten sie es zu einem bescheidenen Wohlstand gebracht. Das wussten natürlich auch die Römer. Aber das Land gehörte ja eigentlich jetzt schon lange den Römern. Sie hatten es vor etwa 200 Jahren bereits in Besitz genommen, als sich die Reichsgrenze immer mehr nach Norden verschoben hatte.

Sagomare schaute den Schamanen Zattomare an und nickte mit dem Kopf.

„Du wirst das schon machen! Du bist unser bester Mann! Ich mache mir um Dich keine Sorgen."

Sie umarmten sich gegenseitig und Sagomare klopfte dem Schamanen aufmunternd auf den Rücken.

2. Caracalla bei den Selvanern

Das alles war jetzt vor fünf Tagen gewesen. Jetzt wurde es aber dann doch ernst.

Der Kaiser kam nämlich tatsächlich.

Zattomare blickte wieder zurück zu seinen beiden Begleitern. Cintugene und Luguvale standen immer noch an derselben Stelle und schauten ihn an.

Die Reiter waren nun hinter dem Felsvorsprung verschwunden, Zattomare sah nur noch den aufgewirbelten Staub. Sie ritten nun den schmalen Weg in die Höhe. Dort konnten aber nur noch zwei Reiter nebeneinander reiten, so dass der Trupp auseinandergezogen wurde.

Wie würde sich nun alles entwickeln? Was konnte er erreichen? Jetzt war er doch etwas nervös. Sie lebten hier oben schon so lange. Rund um den Selvasee hatten sie ihre Heimat gefunden. Daher auch ihr Name.

Vor Generationen hatten sie das Schmelzen des Kupfererzes entdeckt und immer weiter entwickelt. Die Qualität der Erzeugnisse wurde immer besser. Sie konnten nun auch das Arsen aus dem Erz nahezu vollständig entfernen. Die Kupferbeile waren zu einem „Exportschlager" geworden. Das konnte niemand besser als sie.

Sagomare war ein besonnener Führer, und er hatte zwei prächtige Söhne, nämlich Cintugene und Luguvale. Die Römer hatten wenig Einfluss hier oben auf den Bergen. Das war sicher ein Vorteil.

Jetzt musste Zattomare sich aber doch bereit machen.

Er ging auf die Söhne Sagomares zu und beide lächelten ihn an. Sie waren im Vorteil. Die Römer wollten jetzt etwas von ihnen. Das war gut so.

„Lasst uns jetzt ihnen entgegengehen!", sagte er zu den beiden.

Sie gingen zurück zur großen Wiese, wo bereits Zelte und Bänke aufgestellt waren. Junge Frauen standen bereit, um Getränke und kleine Speisen zu servieren. Jetzt konnten sie kommen!

Dann waren die Pferde zu hören. Sie schnaubten und auch das Scharren der Hufe war deutlich hörbar. Jetzt bog der erste Reiter um den Fels. Einer nach dem anderen kam um die Kurve.

Auch Caracalla war dabei. Die Reiter stiegen ab, auch Sabinus. Er führte das Pferd mit Caracalla in die Mitte des Platzes. Dort stieg der Kaiser nun selbst vom Pferd.

Sagomare und Zattomare traten hervor und näherten sich ihm, Sagomares Söhne blieben dahinter. Der Kaiser stand nun neben seinem Pferd und blickte auf Zattomare. Er war von kleiner Statur, wirkte aber muskulös. Er trug die Offiziersuniform, aber zusätzlich hatte er eine blaue Schärpe. Die Haare waren blond, wahrscheinlich benutzte er eine Perücke.

Sein Gesichtsausdruck war streng. Langsam trat er zusammen mit Sabinus vor. Sabinus stellte zunächst Sagomare und dann Zattomare vor. Beide verneigten sich und legten die rechte Hand auf die linke Brustseite. Der Kaiser deutete eine kurze Kopfbewegung nach vorne an und blickte auf Zattomare.

Zattomare musste plötzlich an die Aussage von Cassius Dio denken, dem Zeitzeugen und späteren Senator, der wörtlich gesagt hatte: „Drei Volksstämmen gehörte er an, er besaß aber keine ihrer guten Eigenschaften. Er besaß die Feigheit und die

Verwegenheit der Gallier, die Härte und Grausamkeit der Afrikaner und die Verschlagenheit der Syrer."

Sofort konzentrierte er sich aber wieder auf die Situation. Alle begaben sich nun zu den gepolsterten Bänken, die etwas seitlich aufgestellt waren und ließen sich dort nieder.

Die jungen Frauen reichten Getränke und kleines Gebäck. Sagomare eröffnete das Gespräch:

„Das Volk der Selvaner ist glücklich, dass es heute den Kaiser des Römischen Reiches begrüßen darf. Wir werden alles unternehmen, diesen Aufenthalt so angenehm wie möglich zu machen. Sei willkommen, O Kaiser, der du siegreich alle Feinde überwunden hast. Möge Gesundheit und Reichtum dich und deine Nachkommen beglücken. Sei unser Gast. Zattomare, der Schamane unseres Volkes, der unser Schicksal stets günstig beeinflusst hat, wird mit dir, mein Kaiser, alles Weitere besprechen."

Er stand auf und auch Sabinus erhob sich. Er nickte dem Kaiser zu. Dieser erwiderte kurz den Gruß und dann waren Zattomare und der Kaiser alleine. Jetzt konnten sie sprechen, ohne dass andere mithören konnten.

Zattomare schaute dem Kaiser ins Gesicht. Es war ziemlich finster. Er kannte die Bilder seines Gesichts schon. Die Abbildungen des Kaisers hatten sich immer wieder verändert. Angefangen hatte es mit dem Bildnis des Jünglings mit dem fülligen lockeren Haar und ohne Bart. Danach wurde Caracalla als junger Mann dargestellt, bereits mit Bartwuchs. Kennzeichen waren ein dreieckiger Stirnwulst mit der Spitze nach unten und 2 waagrechten Stirnfalten. Später wurde der Stirnwulst wieder flacher und es gab zwei von der Nasenwurzel ausgehende Steilfalten. Der nächste Gesichtstyp zeigte das Haar in Locken. Das Gesicht wirkte auch hier angespannt. Zu den bisherigen

Gesichtsfalten kamen später zwei Diagonalfalten hinzu, die den Stirnwulst seitlich abgrenzten. Zusammengezogene Augenbrauen verstärken den finsteren Gesichtsausdruck. Hinzu kam eine Quetschfalte an der Nasenwurzel. Genau so saß er jetzt Zattomare gegenüber.

Erst später wurde dann der Gesichtsausdruck wieder etwas entspannter. Caracalla war jetzt gerade ziemlich angespannt, darüber bestand kein Zweifel. Immer noch sagte er nichts, also musste Zattomare nun das Gespräch beginnen.

„Ich freue mich, den Kaiser des römischen Reiches hier oben in unseren Bergen begrüßen zu dürfen. Es ist mir eine große Ehre. Ich möchte nicht unhöflich sein, aber ich würde gerne wissen, welche Beschwerden bestehen. Nur so kann ich Hilfe anbieten und einen Weg für die weitere Behandlung aufzeigen."

Der finstere Blick in Caracallas Gesicht nahm jetzt eher noch zu. Der Gesichtsausdruck war geringschätzig. Ihre Blicke trafen sich. Zattomare dachte an Wahn. Der Wahn hatte bei Erkrankungen der Seele eine zentrale Stellung eingenommen. Meist ist die Diagnose nicht schwer zu stellen. Irrtümer sind relativ selten. Doch hier? In diesem Fall? Was ist Wahn überhaupt? Bei der Beantwortung dieser Frage stößt man auf erhebliche Probleme. Wie lautet die Definition? Es ist schwierig, Wahn in einer allgemein gültigen Formulierung vom normalen Erleben und von anderen Phänomenen abzugrenzen, obwohl im konkreten Fall dies durchaus möglich war.

Zattomare war noch in seinen Gedanken versunken, als Caracalla plötzlich dann doch zu sprechen begann. Er war jetzt hier und hoffte auf Hilfe.

„Ich habe schwere Zeiten durchmachen müssen. Mein Bruder trachtete mir nach dem Leben und meine Mutter hatte mich nicht geschützt. Aber ich wollte weiterleben. Mein Vater hatte mich doch zu seinem Nachfolger bestimmt. Er war der Herrscher. Seinem Willen mussten wir gehorchen. Seine Vorgaben mussten befolgt werden. Das war Gesetz. Also kam ich ihm zuvor und tötete ihn."

Es entstand eine Pause. Irgendwie war diese Situation doch etwas befremdlich für Zattomare.

„Die römische Geschichte ist zwar Schauplatz einer Vielzahl politischer Morde, ein Brudermord ist trotzdem ein seltenes Ereignis. Wir waren seit Kindertagen verfeindet. Wir waren ständig im Streit miteinander. Der Altersunterschied betrug weniger als ein Jahr. Unser Vater versuchte später das angespannte Verhältnis zu entspannen und verheiratete mich mit der Tochter des Prätorianerpräfekten. Aber alles wurde nur noch schlimmer. Wir fuhren Wagenrennen, und ich brach mir dabei ein Bein. Die letzte Maßnahme war der Feldzug in Britannien."

Er machte eine Pause.

„Wir mussten weg aus Rom. Unserem Vater ging es damals bereits gesundheitlich ziemlich schlecht. Man sagte seinen Tod in Britannien voraus. Er hoffte, dass das Soldatenleben einen positiven Einfluss auf seine Söhne ausüben würde. Aber es war nicht so!"

„Aber, warum kam es zu dieser Feindschaft?" Zattomare fragte sehr vorsichtig. „Das hätte doch nicht sein müssen!"

„Es begann damit, dass Geta körperlich kräftiger war als ich, obwohl er der jüngere war. Unser Vater bevorzugte mich. Ich sollte sein Nachfolger werden. Dagegen favorisierte unsere Mutter Geta. Dadurch bestand eine ständige Rivalität."

„Aber gab es nicht auch unterschiedliche Charaktereigenschaften?" Zattomare zeigte Interesse.

„Wir waren uns recht ähnlich, die Unterschiede waren nicht groß. Das Wesen Getas wurde später sehr positiv dargestellt, aber das war nicht so. Er hatte bereits damals viele Verfehlungen begangen."

„Nach dem Tod des Vaters in Britannien hat sich doch das Verhältnis zwischen den Brüdern weiter verschlechtert, oder?"

Zattomare fragte weiter.

„Wir sind in Britannien angekommen und unser Vater war bereits sehr krank. Er lag die meiste Zeit auf seinem Lager. Ich habe damals die Feldzüge geleitet."

Er hielt kurz inne.

„Dann verstarb mein Vater in York. Kurz vor seinem Tod verfügte er die gemeinsame Herrschaft seiner Söhne. Ich gab mich nicht damit zufrieden, bekam aber nicht die volle Unterstützung aller in Britannien anwesenden Legionen. Die Legionen wollten beide als Herrscher."

Pause.

„Wir beide zogen dann schnell nach Rom in der Hoffnung, dort weitere Unterstützung zu finden und in Sicherheit vor den Anschlägen des anderen zu sein."

„Wie war die Rückreise nach Rom?"

„Wir benutzten weder dieselben Herbergen noch speisten wir gemeinsam. Es herrschte eine argwöhnische Vorsicht bei allen Speisen und Getränken, ob nicht doch versucht wurde, Gift in die Lebensmittel zu geben. Jeder erwartete ständig einen Mordanschlag."

Wieder eine Pause.

„Unsere Mutter unternahm dann einen letzten Vermittlungsversuch. Angesehene Ratgeber und Freunde der Familie waren zugegen. Aber es war bereits zu spät."

„Und wie war es dann in Rom?" Zattomare wollte weitere Informationen.

„Unser Vater wurde nach Rom überführt. Bei der Bestattung waren wir noch alle zusammen. Danach zog sich jeder in sein Haus zurück und verbarrikadierte sich dort. Gleichzeitig planten wir Anschläge gegen einander."

„Dadurch wurde Rom in zwei Lager geteilt. Wir planten das Reich zu teilen. Unsere Mutter Julia Domna war allerdings dagegen. Deshalb wurde dieser Plan dann wieder verworfen. Ich war aber damals der Mächtigere. Letztendlich wurde dann Geta ermordet und ich ging als Sieger aus dem Machtkampf hervor. Weder mein Vater Septimus Severus, noch meine Mutter Julia Domna waren jemals in der Lage, die drohende Situation abzuwenden."

Irgendwie klang das doch alles sehr vernünftig und abgeklärt. Brauchte dieser Mensch überhaupt eine Behandlung? Oder, war das nur heute so und es kam immer wieder zu Durchbrüchen und Verfolgungen mit Wahncharakter? Hatte er heute einfach einen guten Tag? Fühlte er sich hier oben auf den Bergen sicherer als in Rom? Hier hatte er nichts zu befürchten. Keine Bedrohung oder Verfolgung. Die Spannung war niedrig. Die Gefühle waren gut unter Kontrolle. Auch eine gewisse Bescheidenheit war auffällig. Keine Zeichen eines Größenwahns. Kein Weltverbesserer und gottähnliches Wesen.

Zattomare schaute den Kaiser an. Er wirkte tatsächlich entspannt. Aber, das konnte sich auch jederzeit wieder ändern.

Wie konnte er ihm dennoch helfen? Was gab es für Möglichkeiten? Sollte er mit ihm auf eine schamanische Reise gehen, um herauszufinden, was ihm fehlte? War das überhaupt mit diesem Mann möglich? Er wusste es nicht. Auch der Mut verließ ihn nun. Diese Situation war neu für ihn. Er musste Zeit gewinnen. Es gab keine schnelle Lösung. Vielleicht später!

3. Der Weg zum Limes

Sie saßen sich immer noch gegenüber am Rande der Bergwiese. Zattomare und der römische Kaiser Caracalla. Worüber sprachen sie eigentlich? Die anderen konnten es nicht hören. Beide sprachen aber angeregt miteinander. Caracalla erhob die Arme und Zattomare nickte ruhig mit seinem Kopf. Beide schienen sich zu verstehen. Dann stand Zattomare auf. Beide gaben sich die Hand. Caracalla klopfte Zattomare auf den Oberarm. So verständigen sich Männer. Das zeigte, dass sie sich vertrauten.

Beide gingen dann zur Mitte der Wiese und blieben dort stehen. Alle Anwesenden kamen hinzu. Beide wollten jetzt eine Erklärung abgeben. Die Gespräche ringsum wurden abrupt eingestellt. Alle waren aufmerksam und richteten nun ihren Blick auf die Hauptpersonen.

Ja, sie wollten etwas sagen, ein Ergebnis verkünden. Dort standen sie. In der Ferne waren die Berge zu sehen. Teilweise waren sie immer noch schneebedeckt. Wenn man weiter nach hinten schaute, konnte man noch einen Teil des Selvasees erkennen. Er lag ruhig da und niemand nahm gerade Notiz von ihm. Jetzt mussten andere Entscheidungen getroffen werden. Es ging gerade um das Römische Reich und seinen Kaiser.

Der erste Mann, Kaiser Caracalla, war gerade zugegen und hatte mit dem Schamanen Zattomare gesprochen. Die Soldaten hatten sich bereits im Hintergrund aufgestellt. Die Farben Rot und Gold dominierten. Weiter hinten standen dann die Pferde. Zattomare wies mit der rechten Hand auf Caracalla. Er sollte zuerst sprechen. Von der Körpergröße war Caracalla der kleinere von beiden. Zattomare stand da im dunklen Mantel und der roten Kappe. Zattomare erschien allen nun sehr selbstbewusst.

„Selvaner, Soldaten, hier steht euer Herrscher. Unser Gespräch fand in einer freundlichen Atmosphäre statt und es war sehr hilfreich. Zattomare hat mein vollstes Vertrauen. Ich wünsche mir eine weitere Zusammenarbeit mit ihm. Wir haben Großes vor. Wir sind auf dem Weg zur Reichsgrenze der Provinz Raetien. Dort werden wir zeigen, welche Macht dieses Reich besitzt. Wir werden unsere Gegner entscheidend schwächen."

Er machte eine Pause.

„Zattomare wird mit mir dorthin reisen. Er wird zwei Begleiter haben. Es sind die Söhne Sagomares. Wir werden zu den Tempeln des Apollo-Grannus reisen und diesen Gott um Hilfe bitten. Das wird unser Ziel sein. Selvaner, ich danke euch für eure Gastfreundschaft. Ich werde mit Freude an den heutigen Tag zurückdenken. Lebt wohl!"

Er wandte sich ab und trat zu seinen Soldaten, die ein lautes „Hoch" anstimmten. Alle umringten jetzt den Kaiser.

Zattomare schaute nach dem Anführer der Selvaner Sagomare und seinen Söhnen. Sagomare stand etwas seitlich und umarmte ihn. Er blickte zu Cintugene und Luguvale. Sie lächelten und reichten ihm die Hand. Ja, sie beide würden mit Zattomare zusammen den Kaiser begleiten. Sie hatten vor Jahren schon einmal auf einem Pferd gesessen und würden sicherlich Schritt halten können. Zattomare saß zwar häufiger auf Eseln und Muhlis als auf Pferden, aber irgendwie würde es schon gehen.

Wann wollten sie aufbrechen?

„Die Soldaten würden noch ihre Pferde zum See hinab führen und sie dort tränken. In einer Stunde könnten wir aufbrechen. Das könnten wir schaffen."

Auch Sabinus trat zu Zattomare und gab ihm die Hand. Alle waren erleichtert, dass die Unterredung so erfolgreich verlaufen war. Der Kaiser hatte Vertrauen gefasst. Zattomare war der richtige Mann. Jetzt würde sicherlich alles besser werden. Jetzt bestand wieder Hoffnung.

Tapara umarmte ihre Brüder. Sie wäre gerne mitgekommen. Die Zeit war aber zu kurz. Und eine Frau durfte mit den Soldaten nicht mitreiten. So war das Gesetz.

Ersatzpferde der Römer standen bereit. Ein kurzer Abschied und die römische Formation setzte sich dann in Bewegung. In Zweierreihen ging es abwärts. Neben Zattomare ritt der Statthalter Sabinus. Alle waren entspannt. Unten im Tal erfolgte die Marschaufstellung. Die Brüder winkten nach oben. Sie würden jetzt eine Weile von zuhause weg sein.

Immer ritten sie den großen Fluss entlang. Zattomare wusste, dass dieser irgendwann ins ferne Meer münden würde. Vorher floss er noch in einen großen See. Vereinzelt gab es hölzerne Brücken, aber es ging eigentlich immer gerade aus. Sie kamen an Gutshöfen vorbei und die Leute winkten ihnen zu. Erst am Abend wurde angehalten und ein Lager mit Zelten aufgebaut.

Das Essen war einfach und bald legten sich alle Schlafen. Die Selvaner hatten ihr eigenes Zelt. Alle waren müde, weil sie das Reiten nicht gewohnt waren und so legten sie sich bald schlafen.

Zattomare träumte von seiner Heimat. Von den Ziegen, den Bergen und den Alpen, auf denen er seine Jugend verbracht hatte.

Würde er dem Kaiser helfen können? Er war als grausam bekannt und war doch heute so umgänglich gewesen. Würde das so bleiben? Sie zogen in den Krieg, das würde sicher alles verändern. Sie waren sicherlich selbst auch in Gefahr. Er war jetzt auch für die Söhne Sagomares verantwortlich. Denen durfte kein Leid geschehen. Die musste er wieder heil zurückbringen. Das war ihm klar.

Dann schlief er doch auch wieder ein. Er träumte. Wie war das mit dem Aufgefalteten, dem Manifesten? Im Gegensatz zum Unmanifestierten oder dem Sichmanifestierenden. Manifest sind alle wahrnehmbaren Ereignisse. Für die ursprünglich Lebenden hat das Unmanifestierte eine besonders große Bedeutung. Es ist das Innerste des Universums. Es ist die Kraft, die dem Keim innewohnt. Aber auch dem Denken und Fühlen. Der Übergang vom Unmanifestierten zum Manifestierten ist keine zeitliche oder räumliche Bewegung. Alles enthält eine besondere gestaltende Energie, die raum- und zeitlos in den Bereich des Manifestierten drängt.

Am nächsten Morgen waren laute Stimmen hörbar. Zattomare blickte sich um. Cintugene und Luguvale waren noch nicht wach. Er erhob sich langsam und schaute aus dem Zelt. Die meisten Soldaten bauten gerade ihre Zelte ab. Einige nahmen gleichzeitig ihr Frühstück zu sich und kauten an Fladenbroten. Viele unterhielten sich nur, denn sie waren schon abmarschbereit.

Also mussten jetzt auch sie aufstehen, und er weckte deshalb die beiden Krieger. Auch ihr Zelt war dann rasch abgebaut und verpackt. Zu essen gab es genug.

Der Statthalter Sabinus kam vorbei und unterhielt sich mit ihnen. Die Stimmung war gut. Bis zur Grenze dauerte es noch einige Tage. Die müssten sie noch durchstehen. Erst im Herbst oder Winter würden sie wieder zurücksein. Aber, bis dahin war alles möglich.

Zattomare würde mit dem Kaiser zurechtkommen. Sie verstanden sich eigentlich recht gut. Zattomare war allerdings auch ein äußerst kluger Mann. Er konnte sich besonders gut auf andere Menschen einstellen.

Alle waren nun bereit zum Aufbruch. Die Trompeter gaben das Zeichen. Der Kaiser ritt vorne. Dann kam wieder die Leibgarde und zum Schluss dann die Selvaner. So ging es weiter.

Der Fluss wurde immer breiter und er floss deshalb auch immer langsamer. Das Tal öffnete sich immer mehr. Die Hänge wurden flacher und grüner. Einzelne Gehöfte säumten den Weg.

Nach zwei Tagen erreichten sie schließlich einen großen See. Am Ufer lagen drei große Boote bereit, die alle Soldaten und die Selvaner aufnehmen konnten. Das Wasser war ruhig. Sie würden über Nacht segeln und am nächsten Morgen am anderen Ufer ankommen. Die Nacht verbrachten sie schlafend, der Himmel war klar. Die Sterne zeigten den Weg.

Als die Sonne aufging, war das andere Ufer schon ganz nahe. Kurze Zeit später legten die Boote an. Am Ufer standen Soldaten der römischen Armee und erwartete den Kaiser. Als der Kaiser an Land ging, stimmten sie Hurrarufe an. Der Kaiser dankte allen und der Marsch ging weiter in Richtung Reichsgrenze.

Sie waren jetzt immer noch in der Provinz Raetien und zogen nach Nordosten weiter. Dieses Land wurde von den Römern Raetia genannt und es erstreckte sich von der Alpensüdseite bis zur Reichsgrenze am Limes. Dort war das heutige Lorch die Grenze nach Westen. Die Provinz Obergermanien schloss sich daran an.

„Die Raeter waren also unsere Vorfahren".

Darüber dachte Zattomare eine Weile nach.

Woher sie kamen, weiß heute niemand mehr so genau. Manche schreiben Raetia auch mit Rh. Das geht auf die griechische Schreibweise zurück. Man hatte sie auch mit den Etruskern in Italien in Verbindung gebracht, aber keiner wusste es so genau.

„Wir wissen also gar nicht genau, woher wir eigentlich kommen. Wir sind nicht mit den Kelten verwandt. Sie waren uns immer fremd. Wir sind natürlich auch keine Germanen, also keine Alemannen oder Franken."

Das hatte Sagomare einmal gesagt.

Die Raeter berichteten an ihre Nachkommen:

„Als die römischen Truppen über den Pass kamen, haben wir natürlich gegen sie gekämpft. Wir waren wegen der geringeren Anzahl der Kämpfer und auch aufgrund der schlechteren Bewaffnung aber weit unterlegen. Die Römer überrannten unser Gebiet. Wir wurden somit ein Teil des römischen Reiches."

Der Weg ging dann weiter nach Nordosten zur Reichsgrenze. Täglich stießen neue Truppenteile hinzu. Das Heer wurde dadurch immer größer.

Die drei Selvaner gingen dadurch völlig in der Masse des Heeres unter. Sie hatten keinen unmittelbaren Kontakt mehr mit dem zukünftigen Statthalter Sabinus oder gar mit dem Kaiser. Ein Krieg stand bevor und die drei wurden zu Augenzeugen.

Die Nervosität der Truppe nahm auch merklich zu. Ebenso die Lautstärke. Sie hatten jetzt keine Ruhe mehr. Die Verpflegung war gut. Sie konnten sich immer satt essen.

Die Landschaft war schön. Hügelig und immer wieder mussten Flüsse überquert werden. Die Pioniere hatten dazu flache Brücken gebaut, so dass sie trockenen Fußes auf der anderen Seite ankamen.

46

„Morgen werden wir den Limes erreichen", sprach ein Offizier sie an. Also waren sie nun fast am Ziel ihrer Reise angekommen. Sie hatten bald die nördliche Grenze des römischen Reiches erreicht.

Wie würde es dann weiter gehen? Würde der Kaiser dann wieder mit ihnen Kontakt aufnehmen? Was waren seine Ziele? Würde er sie überhaupt brauchen?

Das waren Fragen, die jetzt keiner beantworten konnte. Sie mussten abwarten. Gelassen bleiben. Die Dinge beobachten.

Schließlich kamen sie am Limes an. Ein kleiner Fluss schlängelte sich durch die Landschaft. Sie nannten ihn Jagst. Es war ein keltischer Name für diesen Fluss.

Vor ihnen war ein kleines Kastell. Es war ein sogenanntes Kohortenkastell und hatte typischerweise vier Eingänge. Sie nannten es Buch. Das Kastell selbst war nahezu quadratisch und hatte eine Seitenlänge von etwa 150 Meter. Die ursprüngliche Besatzung bestand aus 500 Soldaten.

Sie bauten wieder ihre Zelte auf einer großen Fläche südlich des Kastells auf und warteten ab. Früh legten sie sich dann schlafen. Die Reise war doch ziemlich anstrengend gewesen.

4. Das Limestor in Dalkingen

Die Nacht war ruhig gewesen. Am Morgen war wieder Tau auf den Wiesen. Viele Soldaten des römischen Heeres waren schon wach. Sie frühstückten oder polierten ihre Waffen.

Auch die Selvaner saßen vor ihrem Zelt und schauten umher. Sie waren jetzt doch Teil des römischen Heeres geworden. Vielleicht auch nicht, denn Zattomare war ja unbewaffnet und die beiden jungen Krieger hatten nur das Beil aus Kupfer, ihren Bogen und die Pfeile dabei. Damit konnten sie nicht kämpfen. Da hatten sie keine Chance bei den Germanen.

Aber der Limes war jetzt doch ganz in ihrer Nähe, vielleicht nur noch einen halben Kilometer entfernt, mehr nicht. Und dahinter war Feindesland.

Es gab zwar einige Durchgänge für Händler und andere Reisende, aber sonst reihte sich Wachturm an Wachturm, die möglichst auf Sichtweite gebaut worden waren. Nicht weit entfernt war ein solcher Durchgang am Limes wurde ihnen gesagt. Von dort sollte der Feldzug beginnen. Das hatten am Vortag auch einige Soldaten berichtet. Auch Feierlichkeiten sollen im Vorfeld des Limes geplant sein, sagte man ihnen.

Plötzlich stand der Statthalter von Raetien Sabinus vor ihnen und begrüßte sie. Alle Soldaten erhoben sich und gaben ihm die Hand. Ein Raunen ging durch die Menge. Er selbst wirkte gelassen und gutgelaunt. Seine Rüstung leuchtete grell in der Sonne. Er hatte auch einen Helm mit einem Schweif auf dem Kopf. Es war ein prächtiger Anblick!

„Der Kaiser möchte euch in seiner Nähe haben, wenn er in etwa einer Stunde eine Begehung am Limes durchführen wird. Er ist dankbar, dass Zattomare mitgekommen ist und möchte dies auch zum Ausdruck bringen. Macht euch bereit, ihr werdet in einer halben Stunde abgeholt."

Er grüßte militärisch und ging weiter. Sie schauten sich an. Zattomare nickte.

Sie bauten ihr Zelt ab und übergaben es einem Heermeister. Die eigenen Gegenstände verstauten sie in ihren Taschen und dann stand auch schon ein Offizier neben ihnen und forderte sie auf, mitzukommen.

Sie marschierten durch die Anlage zum Kastell und gingen durch das Südtor. Über einen Gang erreichten sie die Mittelhalle. Hier saß der Kaiser auf einer gepolsterten Bank, umringt von seiner Leibwache. Dort sahen sie jetzt auch den Statthalter Sabinus. Als er sie kommen sah, kam er ihnen entgegen und wies auf den Kaiser. Sie näherten sich ihm gemeinsam. Sabinus verbeugte sich und die Selvaner taten es ihm nach. Caracalla winkte sie zu sich heran.

Mit strengem Blick sagte er:

„Wir brechen zum Limes auf! Wehe den Barbaren! Sie müssen zurückweichen!" Alle Anwesenden stimmten ihm bei.

Dann begab er sich zum Osttor und trat ins Freie. Sie folgten ihm nach. Das Licht war grell. Sie gingen hangabwärts zum Fluss Jagst und dann entlang des Flusses nach Norden. Es gab einen lockeren Baumbestand. Insgesamt waren über 20 Männer mit ihnen und sie gingen etwa 10 Meter hinter dem Kaiser. Es waren nun die wichtigsten Befehlshaber der Armee um sie herum.

Langsam stieg der Hang wieder an und sie erreichten eine Anhöhe. Jetzt sahen sie ihn, den Limes. Der Kaiser deutete auf die Grenzbefestigung und beschleunigte seinen Schritt. Sie kamen näher. Es war eine Steinmauer mit einer Höhe von drei

Metern, sie konnten also nicht sehen, was dahinter war. Später wurde ihnen gesagt, dass die Dicke der Mauer 130 cm betragen würde.

Sie gingen nun an der Mauer entlang weiter nach Osten. Es war ein ausgetretener Pfad, den sonst nur die Wachmannschaften benutzten. Auf dem Boden lagen ein paar Tonscherben herum. Das Gras war braun von der Sonne. Es musste im Sommer hier ziemlich heiß gewesen sein.

Sabinus deutete nach vorne und sagte:

„Wir gehen zum Tor und schauen dort hinaus! Das ist dort oben."

Dabei deutete er nach Osten. Über eine Holzkonstruktion aus Palisaden überquerten sie die Jagst trockenen Fußes. Nach 20 Minuten kamen sie am Limestor an.

Sie waren alle überrascht, als sie eine große Baustelle vorfanden. Baukräne, Karren und Pferde standen herum. Was wurde da eigentlich gebaut? fragten sie sich. Sie gingen näher heran und dann sahen sie es.

Auf der Südseite des Durchgangs wurde gerade ein Triumphbogen errichtet. Er war noch nicht ganz fertig, denn auf der nach Westen gewandten Seite fehlte noch der obere Abschluss. Aber in wenigen Tagen konnte sicherlich alles fertig sein. Auf dem Gerüst standen einige Arbeiter und grüßten den Kaiser. Dieser war gut gelaunt, denn es stellte sich heraus, dass er von den Baumaßnahmen noch gar nichts gewusst hatte. Sabinus hatte ihm noch nichts darüber berichtet.

Das Tor sah prächtig aus. Sabinus nannte es einen Ehrenbogen.

„Zu Ehren des Kaisers!" rief er.

Es waren vier prächtige, nach vorne vorspringende Säulen, die durch ein zurückgesetztes Mauerwerk verbunden waren. Zwischen der zweiten und dritten Säule war der Durchgang mit einer Breite von über zwei Metern. Der Ehrenbogen hatte somit eine Breite von über zwölf Metern und eine Höhe von etwa acht bis zehn Metern.

Sie waren alle sehr beeindruckt. Rechts seitlich, neben dem Durchgang stand, etwas vom Mauerwerk abgesetzt ein freistehendes Gerüst mit engstehenden Brettern, so dass nicht sofort erkennbar war, was dahinter gerade gebaut wurde.

Sie gingen näher heran, und dann war es durch den Holzverschlag sichtbar. Es war eine große bronzene Statue des Kaisers, sein Gesicht hatte der Künstler wirklich gut getroffen.

Dann gingen sie langsam durch den Durchgang am Prunktor und kamen dabei in einen Innenhof. Dahinter wurde es wieder schmäler, denn dort war ja die Grenzmauer. Unverhofft kamen auf der Rückseite an.

Sie standen nun plötzlich auf dem Gebiet der Barbaren. Sie sahen Büsche und Baumgruppen. Der Fluss schlängelte sich weiter ins Land hinein. Es war niemand zu sehen. Nur Natur, das Zwitschern der Vögel und plötzlich sprang ein Hase auf und verschwand dann wieder im Gebüsch. Sie atmeten tief ein. Irgendwie hatte sie ein seltsames Gefühl erfasst.

Hinter ihnen lag der Lärm der Bauarbeiter. Dies war also die Grenze. Dort drüben lebte der Feind. Und der war gefährlich.

Gegen den zog nun das römische Heer. Wann? In den nächsten Tagen. Heute war der 8. August. Das Wetter war gut. Wahrscheinlich blieb es noch eine Weile so. Das wollte die Truppe ausnutzen.

Die Gruppe wandte sich ab, und sie gingen wieder zurück. Der Innenhof war angenehm kühl.

Dann standen sie wieder vor dem Ehrenbogen und bestaunten die Vorderseite. Es sah einfach großartig aus. Sie schritten über den großen Platz vor dem Ehrenbogen. Seitlich war ein Gebäude mit geöffneter Tür.

Sabinus führte sie hinein. Im Innenraum waren eine kleine Erfrischung und ein Imbiss aufgebaut. Jeder nahm sich etwas und sie setzten sich dann auf die Holzbänke. Es wurde wenig gesprochen. Alle warteten wohl auf eine Ansprache des Kaisers.

Aber dieser hielt sich noch zurück und kaute auf dem etwas trockenen Gebäck. Er besprach sich schließlich mit Sabinus und dieser bat dann alle, wieder ins Freie zu gehen, damit der Kaiser ungestört mit Zattomare sprechen konnte. Beide blieben zurück und die anderen wendeten sich wieder dem Bauwerk zu.

Da saß Zattomare nun wieder dem Kaiser gegenüber. Der so grausam geschildert wurde. Dieser machte eigentlich jetzt eher einen hilflosen Eindruck. Nach außen hin Machtpolitiker, aber bei sich selbst unsicher und zögerlich. Wie konnte ein Schamane damit umgehen?

Zattomares Gedanken kreisten.

Es war die Spiritualität, die diesem Mann fehlte. Sein Leben war ausschließlich materialistisch aufgebaut, das Spirituelle fehlte ihm ganz. Es war sicherlich auch das unbewusste Verlangen mit einem Vertreter dieses für ihn fremden Lebensbereiches zusammenzukommen. Das war jetzt Zattomares Chance, diesem Mann zu helfen, das müsste er jetzt nutzen.

Caracallas Leben war eindimensional geworden. Es fehlten Geheimnis, Mystik und die Bedeutung des Lebens als Ganzes.

D e Verbindung zur Natur und den Geistern des Universums. Er war isoliert, alle Verbindungen waren unterbrochen. Von nirgendwo war Hilfe zu erwarten, er musste alles alleine machen. Aber das überforderte ihn ganz und gar.

Alleine ein Weltreich zu regieren, das musste ja Ängste erzeugen, denn so etwas konnte niemand wirklich bewältigen. Das war Zattomares Chance. Diese Zusammenhänge musste er ihm beibringen, dann konnte er diese Aufgabe vielleicht lösen.

Das waren Zattomares Gedanken, als er dem Kaiser gegenüber saß. Dieser nippte an seinem Glas und betrachtete Zattomare aufmerksam.

Wie sollte er jetzt beginnen, was sollte er ihm sagen? Er musste Vertrauen wecken, eine entspannte Situation schaffen. So war es eigentlich immer in einer „therapeutischen Sitzung". Das kannte er gut. Immer musste der Patient zuerst „geöffnet" werden. Auch seine Neugierde musste geweckt werden. Und eine gemeinsame Sprache musste gefunden werden. Der Therapeut musste sich einschwingen. Die Wellenlängen mussten stimmen, nur so kam eine Kommunikation überhaupt zustande.

Zattomare entschloss sich nun, das Gespräch zu beginnen.

‚Kaiser", sagte er ruhig und schaute ihm in die Augen.

„Kaiser, du hast großartiges geleistet und deine Größe wird noch weiter zunehmen. Deine Nachfolger werden sich an dir messen müssen, keiner wird dich aber jemals erreichen können. Für viele Generationen wirst du der Größte gewesen sein."

Er machte eine Pause. Der Kaiser sollte Zeit haben, das alles aufzunehmen.

„Es werden finstere Zeiten nach dir kommen. So finster, wie es sich heute noch niemand vorstellen kann. Das ist sehr bitter für uns Menschen. Wir haben alle gehofft, dass alles mindestens so bleiben würde und unser Leben noch glücklicher sein würde. Aber leider ist es nicht so. Deswegen sind wir alle stolz, heute in deiner Nähe sein zu dürfen."

Wieder machte er eine Pause.

„Kaiser! Du musst diese Wertschätzung erkennen."

Zattomare hörte nun auf zu sprechen und wartete die Reaktion ab.

Der Kaiser seufzte tief und deshalb wusste Zattomare, dass er den wunden Punkt dieses Mannes voll getroffen hatte. Er war beruhigt. Von jetzt ab würde sich alles von alleine ergeben. Der Kaiser legte sich etwas zurück und wartete, bis Zattomare weitersprach.

Sein Gesicht hatte sich nun deutlich entspannt. Er war bereit, dem Schamanen weiter zuzuhören.

5. Caracalla und der Schamanismus

Der Kaiser saß ihm nun gegenüber und blickte ihn an. Er wirkte konzentriert und aufnahmebereit. Sollte er ihm jetzt das Besondere des Schamanismus erklären? Sicherlich kannte er sich aus, sonst wäre er wohl nicht zu ihm gekommen. Aber vielleicht sollte er ihm doch noch ein paar Erklärungen geben.

Er fing an:

„Kaiser, damit du meine Untersuchungs- und Behandlungsweise besser verstehen kannst, möchte ich dir ein paar Dinge erklären."

Er machte eine kurze Pause.

„Wir Schamanen nehmen die Welt anders wahr als die römische Zivilisation. Wir sind innigst mit der Natur verflochten. Wir sehen uns als Bestandteil der Natur an. Wir sind ein Teil des Feuers, der Steine, des Wassers und auch der Pflanzen."

Wieder machte er eine kurze Pause.

„Die Welt zeigt sich dem Menschen in einer umfassenden Einheit, und wir sind ein Teil dieser Einheit und alles ist miteinander verwoben. Wir haben Respekt gegenüber der Natur und ihren Lebewesen. Aber auch unsere Sprache hat eine große Bedeutung. Das gesprochene Wort verwendet der Mensch nicht nur um sich zu verständigen. Nein, jedes gesprochene Wort hat einen großen Einfluss auf alles, was damit in Zusammenhang steht. Das positive Wort bewirkt nämlich das Gute, das negative das Schlechte. Das negative Wort zerstört alles. Es zerstört das harmonische Gleichgewicht der Kräfte und damit die Harmonie der Welt. Das Wort beeinflusst die Wirklichkeit. Worte können töten und heilen. Das sind unsere Vorstellungen."

Caracalla schaute nun Zattomare genau an. Diese Gedanken waren ihm doch noch neu. Das erkannte Zattomare rasch. Aber der Kaiser sagte zunächst weiter nichts. Er hörte weiter zu. Es interessierte ihn schon. Deshalb konnte er nun weitersprechen. Das war mehr als er überhaupt erwarten konnte.

Er sprach also weiter:

„Alle belebten und unbelebten Formen und Erscheinungen sind von einer gemeinsamen, kontinuierlich wirkenden Kraft durchdrungen. Diese Kraft hat verschiedene Namen, aber sie ist immer dieselbe. Sie heißt einmal Gott oder auch Großer Geist. Sie kommt aus dem Kosmos. Sie verbindet alles miteinander und ist in den Pflanzen, Tieren, Menschen, Flüssen und Bergen vorhanden. Diese Kraft steckt auch in unserem Körper. Von den Haaren bis zu den Zehen und den Fingern. Ganz besonders wird aber unser Gehirn von dieser Kraft beeinflusst. Ja, das Gehirn wird zeitweise von dieser Kraft gesteuert, ohne dass wir es merken"

Er blickte den Kaiser an, dieser war weiterhin aufmerksam. Diese fremde Steuerung seiner Gedanken hatte er ja auch an sich beobachtet.

„Alles ist miteinander verbunden, alles hat teil an allem. In allen frühen Kulturen wurde diese Tatsache stets wahrgenommen. Die Einheit des Universums auf die Welt ist eine fundamentale Erkenntnis. Ständig findet ein Austausch von Informationen zwischen allen Lebewesen statt. Plötzlich wird das Eingefaltete entfaltet. Das Potentielle wird dadurch manifest. In der Einheit des Universums ist die Zeit als Vergangenheit, Gegenwart oder Zukunft vollständig aufgehoben."

Danach:

„Die Gegenwart enthält die Vergangenheit und aber auch schon die Zukunft. Auch Gedanken und Gefühle gehören in den Bereich des sich Entfaltenden, sich Manifestierenden. Der Mensch ist deshalb auch in der Lage, Geschehnisse zu beeinflussen. Und er vermag auch Einfluss auf andere Menschen zu nehmen. Unsere Gesellschaft verfährt unbewusst nach diesen Handlungsprinzipien. Dabei ist die Intensität dieser geistigen Aktivität entscheidend. Die Gefühle müssen sehr stark sein. In einer Gruppe von Menschen können Wünsche eine noch stärkere Wirkung haben als bei Einzelpersonen. Alle helfen mit, ein bestimmtes Ziel zu erreichen. Dadurch wird das Ziel tatsächlich auch schneller und sicherer erreicht. Rituale erleichtern dies besonders gut. Auch das Darbringen von Opfern fördert den Übergang vom Unmanifestierten zur sichtbaren, manifestierten Welt."

Was würde jetzt der Kaiser dazu sagen? Würde er überhaupt etwas dazu sagen? Eine kurze Stille trat ein.

Dann antwortete er:

„Wir stehen vor einem Feldzug gegen die Barbaren. Sie bedrohen unser Reich. Auch unsere Kultur ist durch sie stark bedroht. Sie nähern sich stetig unserem Grenzwall, dem Limes. Es sind verschiedene Stämme, aber wir wissen, dass sie Alemannen heißen.

Er machte eine Pause. Zattomare hörte jetzt auch aufmerksam zu.

„Wir werden sie mit unserer Armee zurückdrängen und dadurch wieder für Ruhe sorgen. In Rom ist die Lage weniger erfreulich. Alle sind angespannt. Sie glauben nicht, dass ich in der Lage bin, die Herrschaft zu halten. Deshalb sind mir die Barbaren willkommen. Ich werde ihnen dort zeigen, dass ich der Herrscher bin. Sie müssen zurückweichen. Ich nenne diesen Feldzug deshalb auch eine „Expedition". Ich will später mehr über sie erfahren. Wie sie leben und wie sie denken".

Und weiter:

„Wir werden das feindliche Gebiet weiter erforschen. Einen richtigen Krieg wird es diesmal nicht geben. Dafür sind wir zu mächtig. Wir haben ja bereits schon letztes Jahr mit den Vorbereitungen begonnen. Ich wollte ein großes Heer haben, um unsere Macht zu zeigen. Deshalb haben wir auch neue Straßen angelegt, um das Heer schneller zu den Feinden zu bringen. Wir haben sehr sorgfältig die Streitkräfte zusammengestellt. Hauptsächlich aus Regensburg und Mainz werden sie kommen. Aber es werden auch noch andere Einheiten dabei sein, die für spezielle Aufgaben besonders gut trainiert sind."

Jetzt machte der Kaiser eine Pause. Er hatte Zattomare seine Gedanken geäußert.

Zattomare hatte das Gefühl, dass der Kaiser nervös war. Seine Worte zum bevorstehenden Feldzug wirkten beschwörend. Seine Stimme hatte aber auch recht monoton geklungen. Zattomare war nun selbst etwas unsicher.

Er hatte das Gefühl, dass der Kaiser ihn überhaupt nicht verstanden hatte. Er war mit seinen Gedanken doch komplett woanders. Machte es überhaupt noch einen Sinn, hier weiter zu sprechen? War der Kaiser überhaupt aufnahmebereit oder war er vollständig in seiner Gedankenwelt versunken? War er etwa fremdgesteuert? Gab es etwa wieder Stimmen, die ihm Befehle gaben? Gab es überhaupt ein Verständnis für die Themen, die Zattomare gerade vortrug?

Er war sich nicht sicher.

Wie sollte er weiter mit ihm verfahren? Konnte er ihn überhaupt ernst nehmen? Darüber sann er noch nach, als der Kaiser plötzlich an ihn eine Frage richtete.

„Was ist das eigentlich, ein Schamane?" fragte Caracalla plötzlich. „Wie lebt so ein Mensch?"

Oh, er hatte doch noch Interesse an der Fortführung des Gesprächs.

Also begann Zattomare wieder zu sprechen.

„Ein Schamane ist ein Mann oder auch eine Frau, der oder die sich willentlich, kontrolliert und bewusst in einen anderen Bewusstseinszustand begeben kann, um in diesem Zustand Informationen zu erhalten, die normalerweise dem Verstand sonst nicht zur Verfügung stehen. Diese Fähigkeit verbindet alle Schamanen auf der ganzen Welt."

Er machte eine kurze Pause.

„Der Schamane schlägt somit eine Brücke zwischen der für alle Menschen sichtbaren Welt und der Welt der Visionen, Informationen und Spiritualität. Der Schamane setzt seine Fähigkeiten zur Lösung von Problemen seiner Gesellschaft und zur Heilung von Menschen ein. Die Hauptaufgabe des Schamanen ist die Wiederherstellung einer individuellen oder gesellschaftlichen Balance, denn Krankheit, Konflikte oder Probleme entstehen durch das Herausfallen aus dem natürlichen Gleichgewicht."

Zattomare machte wieder eine Pause.

„Schamanen sind körperlich und geistig stabile Menschen, die aber in ihrer Gesellschaft natürlich eine Sonderstellung besitzen. Sie werden sowohl verehrt, als auch gefürchtet."

Zattomare verstummte.

Der Kaiser schaute ihn an.

„Sabinus wird das Heer führen. Dieser Mann ist ein brillanter Heerführer. Ich bewundere sein Organisationstalent. Er ist ein

Italiener alter Schule aus Histonium. Er hat die Mainzer Legion in einen hervorragenden Zustand gebracht. Ich bin stolz auf diese Soldaten dort. Aber ich will ihn hier haben. Dieser Mann ist mir eine große Hilfe. Er wird mit mir zusammen hier den Limes überschreiten. Und er wird danach offiziell mein Statthalter in Rätien werden, denn er ist es eigentlich noch gar nicht."

Wieder war der Kaiser abgeschweift. Er hatte sich erneut auf seine Aufgaben konzentriert. Würden beide irgendwann zusammenkommen? Vielleicht doch noch einen gemeinsamen Weg finden?

Zattomare glaubte das eigentlich nicht mehr.

Aber der Kaiser schien doch weiterhin an dem Gespräch interessiert zu sein.

„Wie sieht das schamanische Weltbild eigentlich aus?"

Der Kaiser war also wieder aufnahmebereit!

„Die Welt besteht aus vier Dimensionen. Länge, Breite, Höhe und die Zeit. Wir gehen davon aus, dass alles, was wir sehen oder irgendwie wahrnehmen, die Wirklichkeit ist. Wir leben in einer materiellen Welt, die für alle, die in dieser Welt leben, gleichermaßen auch nachvollziehbar ist."

Eine kurze Pause entstand. Der Kaiser schien nachzudenken.

Zattomare sprach weiter.

„Der Schamane erfährt aber auch noch eine andere Wirklichkeit. Sie ist überraschend in vielen Kulturen ziemlich ähnlich. Der wichtigste Punkt ist, dass für ihn alles beseelt und belebt ist. Und es gibt verschiedene Welten. Hinter allem steht eine Kraft. Alles ist mit allem verbunden. Das ist wichtig für das Fortbestehen der Welt. Da alles lebendig ist, verdient alles Respekt und einen rücksichtsvollen Umgang um ein Fortbestehen der Harmonie zu ermöglichen. Jeder Schamane erhält dabei Unterstützung durch den Kosmos."

Der Kaiser war immer noch in Gedanken. Hatte er überhaupt zugehört? Hatte er das verstanden, was Zattomare eben gesagt hatte?

„Sabinus wird nächstes Jahr dann voraussichtlich zum Konsul befördert werden", begann der Kaiser. „Ich denke, der Feldzug wird nur wenige Wochen dauern. Wir haben die Überlegenheit!"

Der Kaiser schwieg jetzt. Dann schaute er wieder Zattomare an.

„Berichte weiter, Zattomare! Erkläre mir die Zusammenhänge! Das alles interessiert mich wirklich!"

Zattomare dachte kurz nach und sprach dann weiter.

„Wir Schamanen gehen davon aus, dass es eine alltägliche und eine nichtalltägliche Welt gibt. Alles, was auf dieser Welt existiert besitzt diese beiden Wirklichkeiten. Der alltägliche Bereich kann von jedem Menschen wahrgenommen werden. Der Mensch kann alle Eigenschaften dieser Welt erkennen. Allen Menschen erschließen sich diese Eigenschaften in ähnlicher Weise. Es gibt eine allgemeine Übereinstimmung. Die Unterschiede sind gering und führen dadurch auch zu keiner Verunsicherung."

Wieder eine Pause.

Der nichtalltägliche Bereich ist dagegen viel schwerer zu erkennen. Dafür ist ein besonderes Training erforderlich. In diesem Bereich gibt es allerdings Unterschiede bezüglich der Wahrnehmung bei den verschiedenen Menschen. Bei dieser Art der Wahrnehmung kommen also zusätzliche Bereiche hinzu. Der Radius der bereits bekannten Welt wird vergrößert. Es kommen auch individuelle Aspekte mit ins Spiel. Es ist also keine andere Welt, sondern eine Erweiterung der schon bestehenden Welt. Dabei wird die gesamte Welt in drei verschiedene Bereiche unterteilt."

Der Kaiser unterbrach ihn.

„Das verstehe ich nicht! Die Welt ist das, was ich sehe! Etwas anderes gibt es doch nicht! Das muss alles erst einmal bewiesen werden!"

Eine Pause entstand durch diesen heftigen Einwand.

Zattomare sprach aber ruhig weiter.

„Man kann nicht alle drei Welten gleichzeitig sehen. Es sind auch keine Welten im traditionellen Sinne, sondern es sind eher Bewusstseinsebenen, also mehr gedankliche Ebenen. Es sind Hypothesen oder Traumwelten, nämlich die obere, mittlere und untere Welt. Es sind keine festen geografischen Orte. Sie sind auch nicht auf einer Karte darstellbar."

„Ich kann es mir das nicht vorstellen, wie soll es sein?" entgegnete Caracalla etwas brüsk.

„Die untere Welt entspricht dem Unterbewusstsein oder dem Unbewussten. In diese Welt kommt man durch Öffnungen im Boden. Auch durch Wasserfälle oder durch Höhlen oder Quellen. Auch durch einen Tunnel. Die untere Welt liegt nicht unterhalb unserer Welt, sondern sie existiert parallel zu unserer bereits bestehenden Welt. Sie liegt aber auf einer anderen Ebene. Wenn wir dort ankommen, dann befinden wir uns in einer hellen Landschaft mit einer üppigen Vegetation und verschiedenen Tieren, die uns aber alle freundlich gesonnen sind. Hier finden sich die elementaren Kräfte von Geburt, Leben und Tod. Hier befindet sich das Wissen um die Urkräfte."

Caracalla schaute ihn verwundert an. Er hatte Schwierigkeiten, diesen Sachverhalt zu verstehen. Er lehnte sich etwas zurück und lächelte. Aber Zattomare ließ sich nicht aus der Ruhe bringen und sprach unverdrossen weiter.

„Die obere Welt ist hell und leuchtend. Sie hat deutlich viel mehr Farben. Hier findet sich Weisheit und Wissen. Hier ist auch Platz für Kreativität und Visionen."

Diesmal hatte Caracalla aufmerksam zugehört. Aber er sagte jetzt weiter nichts dazu. Wahrscheinlich war er in Gedanken schon bei seinem Feldzug gegen die Barbaren. Aber er schien jetzt doch gelassener zu sein.

Eine Stille trat nun ein.

Aber Zattomare wollte unbedingt noch die mittlere Welt darstellen.

„Die mittlere Welt hat zwei Aspekte. Das ist auch eine Besonderheit. Es ist zunächst die Wahrnehmung der alltäglichen Realität, in der wir leben und die allen Menschen zugänglich ist. Der zweite Aspekt ist der nichtalltägliche Bereich der mittleren Welt, nämlich das Spirituelle unserer Alltagswelt. Hier gelangen wir zu besonderen Orten und wir machen dort ganz besondere Erfahrungen."

Caracalla war doch noch zu angespannt vor der militärischen Aktion. Er streckte sich und seine Körpersprache zeigte, dass er jetzt doch genug hatte.

Er wollte jetzt das Gespräch beenden und stand auch unvermittelt auf.

Auch Zattomare erhob sich.

Caracalla gab Zattomare versöhnlich die Hand und lächelte ihn an. Gemeinsam gingen sie zur Tür und traten ins Freie.

6. Phoebiana (Faimingen)

Die Heerführer Caracallas standen in einer Gruppe vor dem Limestor zusammen und unterhielten sich. Sie stoppten sofort das Gespräch als Caracalla aus der Türe trat. Gaius Suetrius Sabinus war im Gespräch mit den Selvanern Cintugene und Luguvale, die mit ihrer Lederbekleidung fremdartig neben den goldenen Rüstungen der römischen Offiziere aussahen.

Die Sonne schien auf den Platz vor dem Limestor. Es war später Vormittag und eigentlich schon viel zu heiß. Die Bauarbeiten am Tor waren weitergegangen. Inzwischen war auch der Platz vor dem Tor weiter ausgebaut, planiert und vergrößert worden. Dort sollten auch für die Ehrengäste prunkvolle Zelte aufgebaut werden.

Sabinus trat nun ebenfalls zum Kaiser und Zattomare stand alleine neben den beiden Selvanern. In der Zwischenzeit war eines der Zelte aufgebaut worden, so dass die Gruppe beschloss, dort im Schatten Platz zu nehmen. Der Kaiser hatte offenbar beschlossen, eine spontane Besprechung abzuhalten.

Um nicht zu stören, wandte sich Zattomare dem Limestor zu.

Viel musste nicht mehr daran gemacht werden, dachte er. Er ging ein paar Schritte näher zum Tor hin. Dort arbeiteten noch zahlreiche Arbeiter. Sie feuerten sich gegenseitig an, noch schneller zu arbeiten. Einige sangen bei der Arbeit. Hölzerne Behälter mit Mörtel wurden über einen Kran nach oben gezogen. An der anderen Seite wurde eine Holzpalette mit Steinen angehoben. Auch die Außenverkleidung war schon weit fortgeschritten. Über zwölf Meter breit und fast zehn Meter hoch. In dieser wilden Grenzregion des römischen Reiches befand sich nun dieses aufwendige Prunktor.

Dann stand plötzlich wieder Sabinus neben ihm. Er schien seine Gedanken zu erraten. „Es sieht aus wie das Tor in Volubilis. Nein, es ist in Wirklichkeit eine Kopie davon."

„In Volubilis?" fragte Zattomare

„Ja, es liegt in Nordafrika und ist eine reiche Stadt. Das Getreide und das Olivenöl kommen von dort nach Rom. Aber auch die Löwen, Leoparden und Bären für die Arenen. Sie haben dazu nur die vier schmalen Säulen, die davor standen, weggelassen oder besser tiefer in die Fassade integriert. Das übrige ist ziemlich genau so wie in Volubilis. Ich weiß es, denn ich habe das Tor ja in Auftrag gegeben für den Kaiser. Ich habe alles mit dem Baumeister selbst besprochen. Ich war allerdings bisher noch nie in Afrika, aber ich würde gerne einmal dort hinfahren, es würde mir sicherlich dort auch gut gefallen."

„Aber, du bist doch Italiener, oder?"

„Ja, meine Familie kommt aus Histonium in Samnum. Es liegt bei Rieti in den Abruzzen, dort wo es immer wieder zu Erdbeben kommt."

Er schwieg nun und genoss den Anblick des Tores. Er war also der Stifter des Limestors. Er hatte alles organisiert und eine Kopie von Volubilis in Nordafrika anfertigen lassen. Zattomare war beeindruckt.

Dann kam der Kaiser wieder aus dem Zelt. Er wandte sich auch wieder an Zattomare.

„Bevor die Reiter aus Aalen hier eintreffen, möchte ich noch Phoebiana einen Besuch abstatten und bitte Dich Zattomare, mich dorthin zu begleiten."

Zattomare und die beiden Selvaner waren natürlich gleich bereit mitzugehen. Deswegen waren sie ja hier nahe der Grenze des Reiches. Und sicherlich würde eine Badekur dem Kaiser guttun. Caracallas Mutter war zwar skeptisch gewesen, ob eine Badekur wirklich hilfreich sein konnte, aber man musste ja alles versuchen. Er könnte sich dort sicherlich entspannen vor dem Feldzug. Das war allen klar. Dieses Bad hatte doch auch schon anderen geholfen.

Zattomare sagte nichts dazu. Das alles hatte ja überhaupt nichts mit seiner Arbeit zu tun. Aber er musste den Kaiser bei Laune halten.

Wenn jetzt auch noch der Kaiser nach Phoebiana kam, dann würde sicherlich dort ein riesiger Zulauf in Gang kommen, das war Zattomare klar. Dort gab es ja inzwischen einen Apollo-Grannus-Tempel. Es war ein römischer Tempel. Apollon war der Gott der Heilkunst und Grannus der keltische Quell- und Badegott.

Also, die Badekuren waren dort sehr beliebt. Caracalla erhoffte sich dort Linderung all seiner Beschwerden. Der Platz war groß. Auch der Tempel wurde als sehr groß beschrieben.

Zattomare verstand, dass er selbst mit seiner Behandlung für den Kaiser noch nicht zum Zuge kommen würde. Jetzt wurde erstmals etwas anderes ausprobiert. Er musste noch warten. Aber er hatte ja genug Zeit. Er konnte gut warten. Der Kaiser bestimmte das Tempo. Das musste er wohl oder übel akzeptieren.

Am späten Nachmittag waren sie dort. Viele Menschen begrüßten den Kaiser. Sie waren überrascht, ihn plötzlich hier zu sehen. Aber er zeigte sich nur kurz und verschwand dann in den Seitengebäuden. Er wollte jetzt seine Ruhe haben. Die großen Anstrengungen der letzten Jahre hatten doch Folgen gezeigt. Er wollte sich auch nicht vor dem Feldzug zu sehr ablenken lassen.

Er brauchte jetzt seine Ruhe. Die Gespräche mit Zattomare wollte er allerdings unbedingt fortführen. Die Spiritualität des Schamanen machte ihn neugierig. Er hatte ihm interessante Dinge berichtet, von denen er bisher nichts gewusst hatte. Es war schwierig, dies alle zu verstehen, aber er wollte es dennoch versuchen.

Nach einer kleinen Mahlzeit gab es die erste Anwendung im Bad.

Der Kaiser begab sich über eine seitliche Treppe in ein 6x6 Meter großes Becken, in dem man er noch gut stehen konnte. Der Priester befand sich bereits im Wasser und empfing ihn.

Leichte Bewegungen im Wasser und Körpereintauchen standen zu Beginn auf dem Programm.

Der Priester legte nun ein Tuch um seine Augen und band an beiden Armen und Beinen Schwimmblasen.

Dadurch schwebte der Kaiser liegend im Wasser. Jetzt war er mit dem Kosmos und den Göttern verbunden. Er konnte so nicht untergehen. Das heilige Wasser trug ihn.

Der Priester bewegte ihn im Wasser und drehte ihn dann um die eigene Achse. Er kam dadurch zur vollständigen Entspannung. Er hörte nur noch das Rauschen des Wassers. Dumpfe Töne erreichten sein Ohr. Es gluckste in verschiedensten Tönen, alles schien so weit weg zu sein. Die Wellen und die Stimmen des Wassers waren um ihn. Er war in einer eigenartigen Welt angekommen.

Auch der Priester bewegte sich ja im Wasser und erzeugte dabei selbst zusätzliche Geräusche. Diese Töne überlagerten die anderen Geräusche und es entstand eine Art von Musik. Das waren die Stimmen der Götter. Sie sprachen mit ihm. Sie gaben ihm Mut. Er war jetzt auf dem richtigen Weg.

Sie bestärkten seinen Entschluss, bei den Germanen ein Machtwort zu sprechen. Das musste so sein. Er war der Herrscher dieser Zivilisation, die dort waren eben die Barbaren. Sie hatten nur ihre Hütten und die Felle am Leib. Hier auf dieser Seite gab es Entwicklung und Kultur.

Die Götter waren derselben Meinung. Auch sie wollten den Limes nicht übertreten. Sie gingen nicht ins Barbarenland. Das war ihm schon immer klar gewesen. Aber er musste dort hinüber. Wenn auch nur für ein paar Tage. Die Götter würden ihn trotzdem beschützen. Jetzt nach diesem Gesang erst recht. Der Feldzug konnte beginnen.

Es gab noch ein paar Dinge mit Zattomare zu besprechen. Aber das wäre bestimmt am Abend noch möglich.

Er tauchte wieder auf und der Priester nahm ihm die Augenbinde ab.

Zwölf Offiziere der Leibgarde standen am Beckenrand und hatten ihn beschützt, als er im Wasser schwebte. Jetzt fühlte er sich erst richtig wohl.

Die Götter waren zu ihm gekommen. Sie hatten ihm ihre Hilfe zugesagt.

Plötzlich hatte er einen Einfall.

Er fuhr mit der rechten Hand ins Wasser und erzeugte einen Wasserstrahl, der die am nächsten stehenden Soldaten voll traf. Sie waren nass von oben bis unten. Auch von den Helmen tropfte das Wasser herunter. Alle lachten schallend. Die noch trockenen klopften sich auf die Schenkel.

Der Kaiser war sehr gut gelaunt. Er lachte ebenfalls schallend.

Die noch Trockenen wichen blitzschnell zurück.

„Ist gut!", rief der Kaiser aus seinem Wasserbecken.

„Geht hinaus, ich komme nach!"

Alle schritten im Gänsemarsch durch die seitliche Tür wieder ins Freie. Der Kaiser selbst stieg über die Treppe an der Schmalseite des Beckens heraus. Frische Tücher wurden im um seinen Leib gewickelt und das Personal führte ihn dann wieder zurück in die klimatisierten Nebenräume.

Das Essen stand bereits auf dem Tisch. Sie hatten einen Fasan gebraten und ihn prächtig auf einer silbernen Platte angerichtet. Dazu gab es Obst. Eine Karaffe mit Wein stand ebenfalls auf dem Tisch. Caracalla blickte sich im Raum um.

Jetzt wäre doch etwas Gesellschaft gut, dachte er. Er rief nach Sabinus und bat ihn, den Schamanen Zattomare mitzubringen.

Als Sabinus kam, forderte ihn Caracalla auf, Platz zu nehmen. Er zeigte auf das Essen und Sabinus griff zu. Er nahm allercings nur etwas Obst.

„Wann können wir den Limes überqueren, Sabinus?" fragte Caracalla.

Sabinus antwortete umgehend mit:

„In zwei Tagen, O, Kaiser" und lächelte Caracalla an.

Er sprach weiter:

„Die Reiter aus Aalen werden morgen am Limestor ankommen und einen Tag später kann es dann losgehen."

„Werden alle 1000 Reiter dabei sein?"

„Fast alle, etwa 50 Reiter werden zurückbleiben müssen. Das Kastell muss ja weiter funktionieren. Ein paar sind auch erkrankt, aber alle sind wild darauf, dabei zu sein, wenn es dann losgehen wird."

„Können die denn alle durch das Limestor?"

„Nein, das würde nicht gehen! Wir werden ein paar Meter der Mauer westlich vom Limestor einreißen, so dass alle geordnet die Grenze passieren können. Diese Lücke wird nach dem Feldzug natürlich sofort wieder geschlossen."

Beide schwiegen einen Moment.

„Eigentlich wollte ich ja zunächst nur die Grenzbefestigungen besichtigen und den Treueeid der hier stationierten Einheiten abnehmen, aber jetzt bietet sich doch ein Feldzug gegen die Barbaren an. Das wird Eindruck machen. Und die Armee kann zeigen, was sie kann. Ich war schon immer ein Verbündeter der Soldaten. Rom, die Stadt, ist doch nicht wirklich meine Heimat. Das Feld ist es. So war es auch in Britannien und so ist es auch hier in Raetien. Ich brauche die Herausforderung und den Kampf. Das ist meine Stärke. Das hier ist auch meine Sache. Immer war ich bisher im Schlepptau meines Vaters. Er hatte früher immer alles organisiert. Das hier mache ich nun selbst. Ich werde allen zeigen, dass ich es auch kann. Sogar noch besser als alle andere vor mir."

Er lehnte sich zurück und nahm einen Schluck Wein. Sabinus sagte nichts. Eigentlich hatte er ja alles organisiert und seit fast einem Jahr auch vorbereitet. Natürlich alles für den Kaiser.

„Wo steht der Feind?" fragte Caracalla plötzlich.

„Am Main! Alle Kundschafter haben dies einstimmig berichtet. Dort wird der Kampf dann auch stattfinden!"

„Dann sind ja deine Mainzer Soldaten besonders gefordert. Als Befehlshaber der 12. Legion ist das ja euer Aufmarschgebiet.

Aber dort kennt ihr euch ja auch bestens aus. Da muss ich mir wirklich keine Sorgen machen. Jetzt bist Du der Kommandeur aller Truppen des Feldzuges, natürlich auch der 3. Legion aus Regensburg."

„Ja, aber es kommen ja auch noch andere Truppenteile zum Einsatz, nämlich Kräfte der 2. Legion aus Italien, aus Britannien und Ungarn."

Der Kaiser nickte. „Du hattest ja ein Jahr Zeit dazu, das sollte auch reichen! Wichtig sind mir auch die Reiter und Bogenschützen aus Osrhoene. Leider ist ja letztes Jahr ihr König Abgar, mit dem sich mein Vater nach dem Krieg dort gut verstanden hatte, inzwischen verstorben."

Sabinus nickt dem Kaiser zu.

„Die sind schon im Frühjahr in Mainz angekommen und haben sich an unser Klima gut angepasst."

Eine weitere Pause trat ein.

„Ich nenne Dich immer „mein Statthalter", obwohl Du es ja eigentlich noch gar nicht offiziell bist. Die Ernennung werde ich noch vor dem Feldzug vornehmen."

Sabinus dankte dem Kaiser. Stand auf und verneigte sich. Caracalla wies auf den Stuhl und Sabinus setzte sich wieder hin.

„Wenn Du so weitermachst, bist Du bald Konsul!"

Die gegenüberliegende Türe öffnete sich und ein Offizier trat in den Raum. Er kam einige Schritte auf Caracalla zu, verneigte sich und fragte, ob der Schamane jetzt eintreten dürfe.

Caracalla nickte und Zattomare kam hinzu.

7. Drei Männer in Phoebiana

Nun saßen alle drei Männer am Tisch.

Zattomare schaute Caracalla und Sabinus freundlich an. Seine Anwesenheit musste dem Kaiser wichtig sein. Seine Antworten schienen ihn beeindruckt zu haben. Er wollte wohl noch mehr wissen. Und Sabinus war sein Vertrauter. Er half ihm, das alles zu bewerten und einzuordnen. Das hieß also, dass er auch Sabinus ansprechen musste. Er wartete höflich, bis einer von beiden das Gespräch beginnen würde.

Der Kaiser selbst begann zu fragen.

„Werdet Ihr drei Selvaner hier gut behandelt? Oder habt ihr schon Heimweh nach euren Bergen?"

Nun, dies klang doch etwas spöttisch, aber Zattomare ließ sich nichts davon anmerken.

„Danke, Kaiser, wir haben alles, was wir brauchen. Es ist uns eine große Ehre, hier sein zu dürfen. Das große Vertrauen, das ihr in uns setzt, berührt uns besonders. Ja, ich weiß es ganz besonders zu schätzen. Meine Person ist von geringer Wichtigkeit, deshalb bin ich stolz, dass ich von Euch, aber auch von Sabinus, dem Statthalter Raetiens, unseres Heimatlandes, gehört werde."

Eine Pause entstand.

Dann ergriff Sabinus im Namen seines Herrn das Wort.

„Der Kaiser hat mir von der Verschiedenheit der Wirklichkeit unserer Welt berichtet. Ich glaube, das ist alles für uns nur sehr schwer vorstellbar. Ich möchte dich bitten, uns deine Vorstellungen von dieser Welt noch genauer zu erklären. Das alles ergibt eine ganz neue Sichtweise für uns."

Zattomare lächelte und begann zu sprechen.

„Wir Schamanen gehen davon aus, dass es außer der von allen Menschen sichtbaren Welt noch andere Welten gibt, die wir allerdings normalerweise nicht wahrnehmen können. Nur in besonderen Situationen ist dies möglich. Dabei muss unser Verstand sich vom Denken befreien und empfänglich werden für die Botschaften dieser Welten. Unser Gehirn ist nämlich so eingestellt, dass es normalerweise diese Informationen nicht durchlässt uns diese also nicht bewusst macht, sondern sie ständig herausfiltert."

Pause.

„Eine dieser besonderen Situationen ist das Ende des Lebens. Im Übergang zum Tod, wird dieser Zustand erreicht. Nur wenige Menschen konnten aber bisher uns Lebenden etwas darüber berichten."

Er machte eine Pause. Dann sprach er weiter.

„Schamanen sind die ältesten Ärzte der Welt. Sie arbeiten auf ähnliche Weise seit über 30.000 Jahren. Sie nutzen diese anderen Welten für ihre Arbeit. Sie bekommen dort ihre Hilfe, um Probleme auf dieser Welt zu lösen. Sie verfügen über die Möglichkeit bewusst in einen Traum zu gelangen, in dem sie dann in die anderen Welten übertreten können. Der Schamane ist nicht verrückt, weil er aus dem normalen Bewusstseinszustand n einen veränderten „hinüberrückt". Er kommt nämlich wieder zurück ins Alltagsbewusstsein, wenn er seine Aufgabe für den einzelnen oder die Gemeinschaft erledigt hat."

Wieder trat eine Sille ein. Caracalla sagte nichts dazu. Er schien aber weiter interessiert zu sein.

„Der Schamane hat in einer Gemeinschaft eine wichtige Aufgabe. Er beseitigt Störungen einzelner Mitglieder einer Gemeinschaft oder einer ganzen Gemeinschaft. Er sorgt für Harmonie zwischen den Welten und beseitigt dadurch Krankheiten. Das ist letztlich das Besondere an ihm. Er sieht und behandelt nicht nur ein Problem, das einen Einzelnen betrifft innerhalb einer Gemeinschaft, sondern er berücksichtigt auch die Zusammenhänge mit der Natur. Er sorgt für Ausgleich zwischen den Welten. Es hat sich gezeigt, dass ein Nichtbeachten dieser Zusammenhänge zum Nachteil einer Gesellschaft führen muss."

Das war mutig. Aber Zattomare hatte keine Angst. Man hatte ihn geholt, um seine Vorstellungen von der Welt zu hören, und er sagte, was er wusste.

Nun schaltete sich Sabinus wieder ein.

„Wie ist diese Kunst entstanden? Wer waren diese ersten Schamanen?"

Zattomare lächelte.

„Diese Frage ist für das Verständnis wichtig, deshalb werde ich sie auch gerne beantworten. Auch ich habe viel darüber nachgedacht und weise Menschen befragt. Sie haben mir Antworten auf diese Frage gegeben."

Zattomare machte eine Pause.

„Der Schamanismus ist wahrscheinlich in Krisenzeiten entstanden. Immer waren Menschen dabei in Gefahr. Durch ihre besonderen Fähigkeiten konnten aber Schamanen Schlimmeres verhindern. Ich werde Euch drei Geschichten erzählen, die mir mein Vater weitergegeben hat, als er alles daransetzte, dass ich sein Nachfolger werde."

Eine kurze Pause entstand. Zattomare konzentrierte sich.

„Aber niemand reißt sich um dieses Amt. Fast alle wollen das nicht. Diese große Verantwortung für andere. Aber schließlich wird der eine oder andere doch noch dazu berufen. Sie machen schließlich dann doch diese Arbeit, einer muss sie ja machen. Die Gemeinschaft kann ohne einen Schamanen nicht existieren. Nicht jeder ist aber dazu in der Lage, diese Aufgabe zu übernehmen. Auch ich wollte es zunächst nicht und habe es später dann doch gemacht, aber das ist eine andere Geschichte."

Es entstand wieder eine Pause.

„Drei Beispiele! So ist der Schamanismus entstanden!"

Nochmals machte eine Pause. Er wollte die Spannung erhöhen.

„Das hier ist die erste Geschichte, die mir mein Vater erzählt hat:

Es gab ein Jahr, in dem es sehr wenig geregnet hatte. Eigentlich war auch schon weniger Schnee als sonst in diesem Jahr gefallen, so dass auch die große Schneeschmelze ausgeblieben war. Der Sommer war dann sehr heiß und das Land trocknete ziemlich schnell aus. Ununterbrochen schien die Sonne. Tiefe Risse waren im Boden zu sehen. Das Gras war braun. Der Regen fiel einfach nicht.

Normalerweise kommen im Sommer die großen Herden durch unser Tal und wir jagen sie dann. Das Fleisch wurde getrocknet und half uns dann, den nächsten Winter zu überstehen. In diesem Jahr kamen die Herden aber nicht. Wir waren ratlos. Keiner hatte eine Erklärung dafür.

Plötzlich hatten wir keine Vorräte mehr für den Winter. Wir hungerten dann, weil auch die Nüsse, die wir für den Notfall vergraben hatten, rasch aufgegessen waren. Erst wieder im Frühjahr bestand Aussicht auf Nahrung, wenn die Gänse von ihren Winterquartieren zurückkehrten. Aber bis dahin war es noch sehr lange.

Die Lage war aussichtslos.

Die Menschen wurden immer schwächer, manche konnten nicht einmal mehr gehen und lagen deshalb den ganzen Tag auf ihren Fellen herum und starrten in den Himmel.

Dann geschah folgendes: Ein Mädchen, die Tochter meines Bruders, hatte in der Nacht einen Traum und erzählte am nächsten Morgen unbekümmert den Traum ihrem Vater.

Sie sagte: „Heute Nacht bin ich über den hohen Berg geflogen mit meinem Freund, einem großen Adler. Auf der anderen Seite des Berges habe ich viele Tiere gesehen. Dort gab es viel zu essen."

Alle schüttelten Kopf. „So ein Kinderkram, so ein Quatsch. Das kleine Ding nimmt sich viel zu wichtig", sagten dann die Leute.

In der nächsten Nacht kam der Adler wieder und auch in der übernächsten. Jedes Mal hatte sie ganz unbekümmert ihrem Vater wieder davon berichtet.

Der Vater sprach mit den Alten, und sie kamen zusammen und berieten, was jetzt zu tun sei. Der Älteste sagte: „Ob wir hier sterben oder auf der anderen Seite des Berges, spielt keine Rolle mehr."

Die Männer, die noch am kräftigsten waren, beschlossen also, am nächsten Tag über den Berg zu gehen.

Sie konnten es kaum glauben!

Alles war dort genauso, wie das Mädchen es vorausgesagt hatte. Plötzlich gab es genug Nahrung und alle waren glücklich. Sie feierten und dankten den Göttern.

Später gab es noch andere Probleme und die Alten erinnerten sich an das Mädchen, das den wichtigen Traum hatte. Sie fragten sie, ob sie nicht wieder träumen könnte, damit eine Lösung gefunden wurde. Sie war unsicher. Sie konnte nichts versprechen.

Am Abend wurde musiziert, gesungen und getanzt, denn es gab auch mehrere Flötenspieler in der Gruppe. Das Mädchen saß etwas abseits und schlief dann irgendwann ein.

Im Traum erhielt sie erneut Antworten. Das Problem konnte damit wieder gelöst werden. Dadurch lernte die Gruppe, dass man den Zustand auch bewusst herbeiführen konnte.

Es gab immer jemand in der Gruppe, der eine Begabung dafür hatte und diese Funktion ausüben konnte. Auf diese Weise entstand der Schamanismus. Diesen Leuten vertraute die Gruppe. Dies waren entscheidende Verbesserungen im Überlebenskampf gegen die Naturgewalten und die Gefahren des Alltages. Die Menschen erkannten, dass sie so an Stärke gewinnen konnten."

Beide schauten Zattomare erstaunt an. Diese Geschichte beeindruckte sie doch. Sie war sehr anschaulich und leicht zu verstehen. Darüber hatten sie noch nie nachgedacht. Irgendwie war das alles logisch und gleichzeitig auch aufregend. Sie wollten noch mehr wissen.

„Hast Du noch eine zweite Geschichte?" fragte Caracalla.

Zattomare lächelte. Er spürte jetzt ihr Interesse.

„Es gibt noch eine zweite Geschichte, die mir mein Vater damals erzählt hat:

„Drei junge Jäger gingen zusammen auf die Jagd. Zwei Tage zuvor war nämlich ein großer Hirsch gesehen worden, den wollten sie für die Gruppe erlegen. Das würde Nahrung für viele Tage bringen und außerdem konnten sich die jungen Leute beweisen und den Alten zeigen, was für gute Jäger sie waren. Und sie konnten auch die Mädchen damit beeindrucken.

Sie waren dem Hirsch auf der Spur. Aber der Hirsch war schnell und kraftvoll. Obwohl sie sich geschickt anstellten, witterte der Hirsch sie doch und flüchtete. Er war sehr schnell und trotzdem folgten sie ihm immer weiter. So kamen sie immer weiter von ihrer Lagerstätte weg. Das war natürlich ein Fehler gewesen.

Jetzt kam auch noch ein starker Regen auf und der große Fluss, den sie entlang gelaufen waren, wurde immer reißender. Der Hirsch war nun entkommen, aber sie konnten plötzlich nicht wieder zurück auf die andere Seite des Flusses.

Sie hatten nun großen Hunger und waren sehr erschöpft. Ihre Kräfte schwanden immer mehr. Sie lagerten entkräftet auf einem Felsvorsprung über dem rauschenden Fluss. Dort schliefen sie dann auch ein.

Einer von den dreien träumte, dass ein alter Mann sie flussaufwärts führen würde zu einem großen Baumstamm, der quer über dem Fluss lag, über den sie dann doch noch das andere Ufer erreichen konnten. Plötzlich war im Traum der alte Mann wieder verschwunden und alle drei saßen dann wieder glücklich bei ihren Familien. Die Kinder scherzten mit ihnen und sie berichteten ausführlich von ihren Erlebnissen.

Wie sollten sie sich nun verhalten? Das war zunächst nicht klar.

Völlig erschöpft und wie in Trance wanderten sie dann am nächsten Tag doch flussaufwärts. Keiner hatte damit gerechnet, dass sie jemals wieder zuhause ankommen würden. Aber, sie fanden alles genauso, wie es einer der Jäger erträumt hatte.

Sie erreichten erschöpft, aber glücklich wieder ihre Lagerstätte.

Später versuchten sie in der Einsamkeit und durch Fasten diesen außergewöhnlichen Zustand bewusst wieder zu erlangen.

Sie lernten aber auch etwas von den Pilzen zu essen, die eigentlich sehr giftig waren und kamen dadurch in besondere Zustände, die mithalfen, Eingebungen zu erhalten."

Alle schwiegen. Caracalla trank einen Schluck Wein.

„Du sagtest, es gebe noch eine dritte Geschichte. Erzähl!"

Zattomare atmete tief durch. Er begann zu sprechen.

„Der Tag war sehr heiß. Alle Felle, der vor 2 Tagen erbeuteten Tiere hingen aufgespannt in der Sonne. Durch das Aufspannen wurde das Fell glatt und bekommt auch eine bestimmte Größe.

Ein kleiner Junge spielte mit einem Holzstück und schlug immer wieder gegen das Fell. Er gab Laute von sich. Der Junge schlug schneller und stärker. Er war fasziniert. Ein monotones Geräusch entstand.

Dann fiel er in der Hitze in Trance und sah Bilder wie in einem Traum. Er wollte nicht aufhören, der Traum sollte weitergehen. Aber irgendwann war er erschöpft und hörte dann doch auf, weiter zu schlagen.

Am nächsten Tag wollte er wieder das gleiche machen, aber die Felle wurden bereits abgehängt.

Er wollte aber unbedingt nochmals dieses Erlebnis haben. Er holte sich ein Fell vom Stapel und kam dann auf die Idee, es über einen hohlen Baumstamm zu legen.

Wieder konnte er Töne erzeugen. Nach und nach konnte er „seine Trommel" auch verbessern und bekam so ein Instrument.

Mit diesem konnte er seinen Traumzustand immer wieder erreichen. Es wurde ein wichtiges Hilfsmittel für seine zukünftigen Aufgaben als Schamane."

8. Das 2. und 3. Prinzip, Intuition

„Deine Geschichten haben mich sehr berührt", sagte Caracalla. „Ja, es ist schlüssig, dass es so gewesen sein mag. Ich frage mich aber, welche Bedeutung hat dies heute für mich? Welche Information ist dabei für mich bestimmt? Was kann ich für meine Person dadurch gewinnen? Was muss ich tun, um meine Probleme besser in Griff zu bekommen? Welche Hilfe kannst Du mir dafür anbieten?"

Das waren sehr viele Fragen auf einmal, dachte Zattomare. Er überlegte, wie er dem Kaiser darauf eine Antwort geben konnte. Dann hatte er eine Idee.

Zattomare sprach:

„Wir haben verlernt, auf unsere Intuition zu vertrauen", begann er.

„Was ist das, Intuition?" fragte der Kaiser.

„Intuition ist die Fähigkeit, Entscheidungen zu treffen, ohne durch den Verstand ein Für und Wider vorher abzuwägen. Der Verstand nimmt lediglich das Ergebnis auf."

„Das ist aber gefährlich! War die Entscheidung richtig, dann sind alle voll des Lobes, war die Entscheidung falsch, dann wird von einem Fehler gesprochen."

„Das ist ja gerade das Besondere, dass es keinen Mechanismus gibt, zu prüfen, welche geistigen Vorgänge zur jeweiligen Entscheidung geführt haben. Intuition ist Wissen, das auf Erfahrung beruht und durch direkten Kontakt mit dem Wahrgenommenen erworben wird, ohne dass der intuitiv Wahrnehmende sich oder anderen genau erklären kann, wie er zu der Schlussfolgerung gekommen ist. Intuition kann als Sinneswahrnehmung wie Sehen, Hören, Fühlen, Riechen, Schmecken erlebt werden, dabei findet aber keine Reflexion statt. Sie bietet die Möglichkeit, die innere und äußere Welt anders und tiefer wahrzunehmen und zu erfahren. Es ist ein Wissen ohne erkennbares Wissen."

Caracalla war weiter interessiert.

„Kann man so etwas auch lernen?" fragte er.

„Diese Fähigkeit besitzt jeder Mensch. Man kann sie aber auch trainieren und nützen. Ich denke, dass unsere Vorfahren erfahrener waren als wir es heute sind. Wir Schamanen sind besonders gut trainiert, weil wir ja bei unserer Arbeit immer wieder das Denken reduzieren müssen. Wir müssen uns schnell in andere Menschen hineinversetzen, sie wahrnehmen und unser Ich und unsere Wünsche zurückstellen."

„Kannst Du ein Beispiel nennen?"

„Jeder Mensch muss in seinem Leben ständig Entscheidungen treffen. Tag für Tag. Es gibt dafür im Prinzip zwei Möglichkeiten. Entweder du machst dir Listen mit Für und Wider. Du gewichtest die Argumente. Du besprichst es mit der Gruppe in langen Sitzungen und zerbrichst dir dabei den Kopf, bevor du dann irgendeine Entscheidung triffst. Oder du beendest das Nachdenken und setzt dich in die Stille. Du entspannst dich und bittest um Hinweise für die richtige Lösung. Du lässt deine Gedanken schweifen, es ist wie in einem Traum. Das kann jeder, du machst es ja auch so im Schlaf. Du führst den Traum bewusst herbei. Wir nennen das die Befragung der Geister. Du kannst es bei allen Fragestellungen einsetzen. Manchmal sind die Antworten auch anders als du es erwarten würdest, manchmal sind es Bilder, die du erst entschlüsseln musst."

Alle schwiegen.

Der Kaiser war in Gedanken. Wahrscheinlich überlegte er, wie er zukünftig verfahren würde. Die Beratung mit der Gruppe der höchsten Offiziere oder spontan aus eigener Kraft. Er war sich nicht sicher, wie er sich entscheiden sollte. Er dachte noch nach, da war Sabinus schon einen Schritt weiter. Ihn hatte die Frage nach der Intuition bisher nicht beschäftigt.

Sabinus hatte sich bisher noch nicht zu Wort gemeldet, er wartete erstmal ab und beobachtete das Ganze. Dann fragte er:

"Du hast früher einmal vom ersten Prinzip gesprochen. Gibt es denn noch weitere?"

„Ja, denn das erste Prinzip lautete ja: „Außer der sichtbaren Welt gibt es noch andere Welten."

Zattomare machte eine kurze Pause. Die anderen waren jetzt neugierig.

„Hier kommt das zweite Prinzip!"

Wieder machte er eine Pause.

„Alles ist Teil eines Ganzen. Alles hängt miteinander zusammen. Wenn ich jemandem schade, dann schade ich mir selbst dabei auch. Es ist wie bei einem menschlichen Körper. Wenn ich dir eine Ohrfeige gebe, dann kann ich sie mir gleich auch selbst geben. Wenn ich einem Menschen eine Freude mache, dann beschenke ich mich selbst dabei. Tun wir dieser Welt Gewalt an, dann verletzen wir uns selbst. Wir Schamanen sagen: „Die Götter schlafen im Stein, sie atmen in der Pflanze, sie träumen im Tier und sie erwachen im Menschen."

Wieder schwiegen alle und dachten über die Worte des Schamanen nach. Was hatte dies alles zu bedeuten, warum sagte er das alles? Wie sollte es weitergehen? Sie saßen in Phoebiana und diskutierten über die Welt. Eigentlich sollte übermorgen der

Feldzug gegen die Barbaren losgehen. Der Kaiser war als grausamer Menschen beschrieben worden und hörte nun ruhig den Worten des Schamanen zu. Was hatte das eigentlich zu bedeuten?

Zattomare sprach schließlich weiter.

„Sicherlich wollt ihr auch noch das dritte Prinzip hören?"

Es entstand erneut eine Pause, um die Spannung zu erhöhen.

„Das dritte Prinzip lautet: „Alles Existierende ist beseelt."

Die Gesichter zeigten ein gewisses Unverständnis.

„ n dieser Aussage drückt sich die Ehrfurcht vor der Natur aus. Nicht nur der Mensch hat eine Seele, sondern alles und jedes hat eine Seele. Es ist allerdings nicht die gleiche Seele. Es ist der Respekt vor der Natur. Alles ist ein Geben und Nehmen."

Kurze Stille.

„Ich bedanke mich bei der Natur für das, was ich von ihr bekommen habe. Der Mensch hat mehrere Seelen. Unsere Sprache weiß mehr darüber als wir Menschen. Wir sprechen von einer Eingebung. Etwas hat mich sehr berührt oder ich bin von etwas sehr angetan. Oder, das hat mich sehr angesprochen. Das sind Aussagen aus alter Zeit, als wir wirklich noch mit den Dingen verbunden waren."

Zattomare schwieg nun, weil er wollte, dass sich beide gedanklich mit seiner Aussage beschäftigen konnten. Dann sprach er weiter:

„Viele gesundheitliche Probleme haben drei verschiedene Ursachen. Geist, Körper und Spiritualität sind nicht im Gleichgewicht. Die Balance ist nicht mehr vorhanden."

„Medizinisches Wissen bedeutet deshalb, diese Faktoren zu studieren, die zu Unausgewogenheit, Ungleichgewicht und Dominanz einzelner Aspekte gegenüber der Harmonie des Ganzen führen, um dann den Ausgleich wiederherzustellen."

„Wir müssen den spirituellen Dimensionen größte Aufmerksamkeit schenken, denn Krankheiten sind eine Störung des Menschen zu sich selbst, zur Gemeinschaft und zum Universum. Heilung bedeutet dann Wiederherstellung des harmonischen Zustandes in allen diesen Dimensionen."

Caracalla wollte nun mehr wissen.

„Du hattest berichtet, dass Du Informationen bekommst und dazu eine Reise wie im Traum unternimmst. Wie machst Du das? Wie funktioniert es? Könnte ich das auch? Was muss ich dafür tun?

Jetzt hatte Zattomare das Gefühl, dass sich der Kaiser auf seine Heilmethode einlassen wollte. Er wollte nun wirklich mehr davon wissen.

„Bei der schamanischen Reise wartet man nicht auf einen Nachttraum. Man versucht bewusst diesen Traum selbst auszulösen. Musik oder Tanz können den Beginn des Traumes beschleunigen. Trommeln, Rasseln oder auch Gesänge. „Ich fliege auf den Trommeln zu den Geistern", sagen die Schamanen."

Nun schwiegen wieder alle.

Zattomare hatte viel gesprochen. Die beiden anderen mussten das alles erst einmal verarbeiten. Und zudem stand jetzt ja der Feldzug bevor. Caracalla und Sabinus mussten bald zur Armee zurück.

Der Kaiser beendete die Unterhaltung und verabschiedete den Schamanen. Zattomare verschwand rasch durch die hintere Tür.

Wieder hatte er ausführlich die Behandlungsweise eines Schamanen vorgestellt, aber weiter war nichts passiert. Er kam nicht zum Zuge. Der Kaiser war zwar interessiert, aber Zattomare durfte nicht aktiv werden. Er stellte zwar die Behandlungsmethode vor, aber sie kam nicht zum Einsatz. Der Kaiser gab kein Signal. Zattomare musste damit leben.

Sabinus berichtete nun dem Kaiser über die Vorbereitungen zum Feldzug über den Limes in das Land der Barbaren.

Heute war der 9. August 213.

Die Reiter aus Aalen sollten Morgen Vormittag am Limestor eintreffen. Dort würde Caracalla dann eine Ansprache an das Heer und die Reiter halten.

Am Tag danach, also am 11. August 213, würde der Einmarsch ins Barbarenland beginnen. Am Main würden die Truppen aus Mainz und Regensburg in einer Art Zangenbewegung dazu stoßen. In 4 Wochen würde alles beendet sein und man konnte wieder den Heimweg antreten. So war es geplant. Der Kaiser würde dann weiterreisen. Vielleicht noch einen Abstecher in Neuenstadt machen, aber dann wieder zur Donau kommen und mit dem Schiff die Donau weiter abwärts fahren.

Der Kaiser berichtete von seinem Bad und den Bewegungen darin. Er hatte dabei alles um sich vergessen. Diese unglaublichen Geräusche unter Wasser. Er war plötzlich in einer anderen Welt gewesen. Alles war weit entfernt. Er hörte Stimmen. Sie sprachen zu ihm. Aber sie drohten ihm nicht. Er musste keine Angst haben. Es waren die Götter. Sie riefen ihn an. Sie boten ihm auch ihre Hilfe an. Sie würden ihm sicher helfen. Alles würde gut werden. Das stärkte ihn sehr.

Er würde siegen. Da war er sich jetzt ganz sicher. Das Unternehmen würde gelingen. Seine Armee war stark und er hatte die Götter auf seiner Seite. Und natürlich Sabinus! Auf ihn konnte er sich immer verlassen. Das wusste er. Sabinus war ihm treu. Er würde ihn weiter fördern und ihn zum Konsul machen. Ganz gleich, was kam. Niemals hatte er solchen einen Vertrauten. Dieser Mann war einzigartig. Er war immer zur Stelle, wenn man ihn brauchte. Das war neu für ihn. Immer musste er auf der Hut sein. Niemandem konnte er vertrauen. Aber ihm!

Wo hatte er eigentlich seine Familie? Lebten die immer noch in den Abruzzen oder hatte er sie mit nach Mainz genommen?

Nie hatte er ihn gefragt. Aber er hatte auch nie etwas gesagt. Vielleicht sollte er ihn fragen?

Lieber doch nicht. Das ging ihn ja eigentlich überhaupt nichts an Der Statthalter hatte zu funktionieren, egal was kam. Mit oder ohne Familie. Vielleicht hatte er ja in Mainz eine Geliebte?

Wahrscheinlich war das so. Aber auch das hatte ihn nicht zu interessieren. Das war ausschließlich die Sache des Sabinus.

Sie verabschiedeten sich und Sabinus verließ den Raum ebenfalls durch die Türe, durch die Zattomare vorher gegangen war.

Der Kaiser wollte sich ausruhen, bevor am nächsten Tag die Vorbereitungen für den Feldzug abgeschlossen sein würden.

9. Die Ansprache

Heute würden also die Reiter aus dem Kastell Aalen am Limestor eintreffen. In Aalen waren 1000 Reitersoldaten stationiert. Eine Elite-Einheit. Es war die Ala II Flavia pia fidelis milliaria. Vor 50 Jahren war das Reiterkastell gegründet worden. Die Reitereinheit selbst hatte allerdings schon fast 100 Jahre Geschichte hinter sich.

Aalen selbst stand bisher nur selten im Brennpunkt der römischen Politik. Die Einheit hatte auch nie zuvor Raetien verlassen müssen. Aber jetzt war der Kaiser hier und alles war anders. Die Reiter wurden nun wirklich gebraucht. Sie sollten am Feldzug gegen die Barbaren teilnehmen. Durch die Vorverlegung der Grenze weiter hinein ins Land der Barbaren, musste das Reiterkastell zunächst von Günzburg, dann nach Heidenheim und von dort aus schließlich nach Aalen verlegt werden.

Das Kastell Aalen wurde damals auf einer Anhöhe errichtet. Der Blick reichte weit in die Flusstäler. Flavia, die flavische, eine unter dem flavischen Königshaus aufgestellte Einheit und pia fidelis, die kaisertreue, die zuverlässige Truppe. Das waren die Ehrentitel.

Sie hatten sich in einer besonders gefährlichen Situation bewährt und waren treu zum Kaiser gestanden. Der Name der Reitertruppe gab außerdem keine Hinweise auf eine bestimmte ethnische Herkunft der Soldaten. Aalen lag auf dem Weg von der obergermanischen Hauptstadt Mainz zur raetischen Hauptstadt Augsburg. 1000 Reiter in einer Einheit waren doppelte Sollstärke.

Es gab im ganzen Reich von Schottland bis Persien und von Aalen bis Nordafrika nur 7 solche Kavallerie-Elite-Einheiten. Der Kommandant dieser Elite-Einheit war gleichzeitig auch stellvertretender Statthalter der Provinz und damit der zweite Mann nach dem Statthalter in Augsburg. Aus diesem Grund wurde von hier aus auch die Provinz mitverwaltet. Beide waren nach den römischen Senatoren die zweithöchsten Beamten im Reich.

In der Zeit des Kastells Aalen gab es viele verschiedene Kommandeure. Sie stammten aus allen Teilen des römischen Reiches. Darunter waren auch Afrikaner und Asiaten.

Das alles ging Gaius Suetrius Sabinus durch den Sinn, als sie von Phoebiana wieder zum Limestor zurückfuhren. In der Zwischenzeit war die Prunkfassade sicherlich fertiggestellt worden. Damit rechnete er fest. Auch der große Platz davor sollte jetzt für die Ansprache des Kaisers komplett hergerichtet sein. Er hatte alle Anweisungen gegeben und konnte sich bisher immer auf seine Leute verlassen.

Sie waren nun mit der kaiserlichen Leibgarde unterwegs und die Entfernung betrug nur etwa 50 Kilometer. Am Nachmittag würden sie sicherlich dort sein. Von der Mündung der Brenz in die Donau ging es nach Norden. Neresheim wurde passiert, bis irgendwann der Limes in der Ferne sichtbar war.

Eine zweite, allerdings viel größere Gruppe bewegte sich ebenfalls zum Limes hin. Es war die Elite-Kavallerie-Einheit aus Aalen.

Die Entfernung von Aalen war aber nur etwa 15 km. Die Reiter würden also schon in etwas mehr als einer Stunde am Limestor eintreffen, weshalb sie auch erst am frühen Nachmittag ihr Kastell verlassen hatten.

Der Kaiser selbst wurde von seiner Leibgarde geschützt und befand sich etwa 20 Meter hinter Sabinus. Sabinus hatte die Verantwortung, dass alles ohne Hindernisse ablaufen würde. Er war sich sicher, dass alles zur Zufriedenheit seines Kaisers geschehen würde.

Sie kamen gut voran und auch die Stimmung war gut. Der Kaiser wirkte gelassen und scherzte mit seinen Offizieren. Er war am Morgen nochmals im Bad gewesen und hatte wieder eine Wasserbehandlung in der Schwerelosigkeit erhalten. Auch die Stimmen unter Wasser hatte er wieder gehört. Er hatte genau darauf geachtet, was die Götter zu ihm sagten. Sie waren ihm noch immer gewogen. Er war sich also sicher, dass alles gut gehen würde.

Er hatte allerdings heute noch nicht mit Zattomare darüber gesprochen. Das würde er noch machen. Das war ihm doch wichtig.

Der Feldzug würde gut laufen. Er hatte nichts zu befürchten. Es würde dann wieder Ruhe einkehren nach der Geschichte mit seinem Bruder, als seine Position kurzzeitig auf der Kippe stand. Das wäre dann überwunden. Keiner würde ihn mehr deswegen angreifen.

Sabinus hatte dabei großen Anteil. Er hatte ihn sofort unterstützt und den Feldzug ausgearbeitet. Das würde er ihm danken. Er würde ihn zum Konsul machen. Auf ihn konnte er sich immer verlassen. Eigentlich hatte er sich nie sicherer gefühlt als heute. Das lag bestimmt auch an den Göttern. Aber auch die Intuition hatte ihm geholfen. Zattomare hatte ja alles so gut erklärt. Er hatte ja auch aus dem Bauch heraus entschieden. Er hatte einfach ein gutes Gefühl. Er hatte sicherlich nicht einfach seinen Verstand abgeschaltet. Das konnte er gar nicht, der war natürlich immer eingeschaltet. Schon aus Gründen der Sicherheit. Aber, er hatte es versucht. Die Intuition funktionierte auch bei ihm.

Die Straße ging bergauf und dann wieder hinunter. Sie war vollständig neu errichtet worden, das konnte er jetzt sehen. Man hatte sie extra für diese Fahrt angelegt. Natürlich wurde die Straße gebraucht. So konnte man jetzt schneller Güter und auch Soldaten an die Grenze bringen. Aber er war der erste, der sie jetzt benutzte. Er hatte das Recht dazu. Das war seine Straße. Sabinus schaute immer wieder zu ihm zurück und beobachtete ihn. Er sorgte gut für seine Sicherheit.

Die Stimmen waren in den letzten Tagen weniger geworden. Das Bad hatte sicherlich auch seinen Anteil daran. Und auch der Schamane tat ihm gut. Seine ruhige Art zu sprechen und seine Weisheit taten ihm wirklich gut. Mit ihm zusammen war er ganz entspannt. Kam dann auch noch Sabinus hinzu, dann war alles gut. Er konnte wieder klarer denken und die innere Unruhe ging dann ganz zurück.

Dann sahen sie in der Ferne das Reiterheer. Die Schilde und Lanzen glänzten in der Sonne. Sie hatten angehalten, um dem Kaiser den Vortritt zum Limestor zu gewähren. Sie hatten sich ein flaches Gelände neben der Straße ausgesucht.

Dort standen sie in einer Dreierreihe parallel zur Straße des Kaisers. Jeder Reiter trug ein Schwert auf der rechten Seite des Körpers. Jeder hielt in der rechten Hand seine Lanze. Der Schild hing schräg an der rechten Seite des Pferdes und in einem Köcher steckten 3 Speere mit breiter Spitze. Jeder trug Helm und Brustpanzer.

Die Pferde waren etwas unruhig und scharrten mit den Hufen.

Die Kosten für diese Elite-Kavallerie waren gigantisch. Bis alle Pferde mit Gerste, Hafer und Heu versorgt waren; es waren wirklich so unglaublich hohe Kosten. Alles musste im Umkreis von Aalen produziert, antransportiert und eingelagert werden.

Auch das Trinkwasser für die Reiter und ihre Pferde musste bereitgestellt werden.

Nein, die Kosten waren wirklich riesig!

Ein Mensch braucht 2 Liter Wasser täglich, ein Pferd dagegen 30 Liter am Tag und das ist die Mindestmenge. Ein Pferd im Kriegseinsatz konnte locker das Doppelte saufen, und das waren dann 60 Liter. Wo kam das viele Wasser eigentlich her? Es waren also 30.000 bis zu 50.000 Liter Wasser jeden Tag erforderlich. Aber das war nur das Trinkwasser. Wasser wurde auch für die Hygiene benötigt. Sicherlich war deshalb mindestens die doppelte Menge Wasser erforderlich.

Es gab die Flüsse Aal und Kocher. Im Kastell selbst gab es zusätzlich auch noch Brunnen.

Und die Pferde selbst? Die Militärpferde? Alle Pferde durchliefen eine dreijährige Ausbildung, bis sie zum Einsatz kamen. Und die Reserve betrug mehr als 15%. Die Jungpferde mussten gezüchtet und ausgebildet werden. Das waren also noch etwa 200 Tiere zusätzlich.

Das alles kam Sabinus in den Sinn, als er an der Formation der Elite-Kavallerie entlangfuhr. Wie prächtig sie alle aussahen! Diese Einheit war wirklich unschlagbar. Niemand auf dieser Welt konnte sie aufhalten. Das war der Glanz des römischen Reiches. So etwas würde es später nicht mehr geben.

Die Reiter-Kavallerie war das stärkste an militärischer Kraft, was die Menschheit bis dahin gesehen hatte.

Sie grüßten militärisch. Der Kommandant des Reiterkastells Aalen trat vor und grüßte den Kaiser mit einer tiefen Verbeugung. Der Kaiser nahm den Gruß entgegen. Mit einer Handbewegung grüßte er sie alle. Man spürte den Stolz dieser Reiter. Die Pferde tänzelten etwas. Sie standen ja eigentlich jetzt im

Mttelpunkt. Und sie spürten es. Ihnen verdankten die Römer ihre Macht. Das wussten sie.

Der Kaiser selbst stand gewandt auf, sprang vom Wagen und hielt selbst das Pferd des Kommandanten an der Hand und führte es ein paar Schritte. Das zeigte seine Verbundenheit zum Militär.

Jetzt kamen auch die „Hoch"-Rufe der Reiter.

„Es lebe der Kaiser" Immer wieder kamen die Rufe der Reiter.

Das hatte selbst Caracalla so nicht erwartet. Sie ließen ihn hochleben. Seine Soldaten! Aber er hatte ja auch ihren Sold deutlich erhöht. Sie dankten es ihm jetzt. Er war bewegt. Selten hatte er in seinem Leben solch eine Genugtuung verspürt. Die ganze Welt schien sich vor ihm zu verbeugen. Es war göttlich. Er war jetzt wirklich der Größte.

Dann waren sie an der Formation vorbei und kamen kurz darauf am Limestor an.

Alle Arbeiten waren tatsächlich fristgerecht fertig geworden und das Prunktor strahlte ihnen schon von weitem entgegen. Diese Pracht am Rande des Barbarenlandes. Das hätte er niemals gedacht. Sabinus hatte sich das alles ausgedacht. Ja, das wusste er. Er würde ihn auch deshalb großzügig belohnen.

Die Wagen würden auf der Seite abgestellt und der Kaiser begab sich in das erste der großen seitlichen Zelte. Es war auf der linken Seite. Von dort konnte man direkt auf das Prunktor sehen.

Die Reiterei kam hinzu und stellte sich auf. Das dauerte eine Weile. Die Pferde wurden gefüttert und getränkt, damit sie ruhig blieben. Auch das dauerte.

Dann waren alle bereit.

Der Kaiser stand auf und trat vor das Tor. Dort, wo der Durchgang war, stellte er sich hin und hielt die Arme hoch. Er war bereit zur Ansprache an die Soldaten.

Sabinus trat neben ihn und dann sprach der Kaiser:

„Soldaten aller Einheiten!"

„Morgen werden wir die Grenze zu den Barbaren überschreiten. Dies ist eine heldenhafte Tat."

Er machte eine Pause.

„Der Ruhm der Geschichte wird Euch zu Teil werden. Wir werden in das Land der Barbaren kommen und Frieden stiften. Die Reiter des Kastells Aalen sind besonders wichtig, dass das Unternehmen gelingen wird. Ich zähle auf euch. Ihr seid stark. Eure Pferde sind stark. Niemand kann euch jemals besiegen.

Ich bin stolz auf euch. Von Mainz und Regensburg werden weitere Truppen zu uns stoßen. Es ist ein Zangenangriff auf den Feind. Niemand wird uns entkommen und uns dann erneut bedrängen.

Wir werden jetzt zeigen, dass wir die Herrscher sind. Wir haben alles gut vorbereitet. Alles wurde sehr gut organisiert.

Neben mir steht der zukünftige Statthalter der Provinz Raetien Gaius Suetrius Sabinus. Er handelt stets in meinem Namen. Ihm werdet ihr gehorchen, wie ihr mir gehorcht.

Wir werden uns auf den morgigen Tag konzentrieren. Alles muss von Anfang an gut laufen. Das erwarte ich von euch.

Nicht nur heute und morgen, sondern immer. Ruht euch aus. Geht früh schlafen. Um 6 Uhr morgen werden wir abmarschieren.

Ich will, dass alle Soldaten und ihre Pferde fit sind. Wir brauchen euch alle.

Der Feind ist stark. Aber wir sind mächtiger als er.

Auf die römische Armee ein Hoch! Auf das Reiterheer aus Aalen ein Hoch!"

Dann traten die Pferde und ihre Reiter in einem Schwenk zurück und der Platz vor dem Limestor leerte sich wieder.

10. Der Tag vor dem 11. August 213

Morgen sollte der Tag sein, an dem die römische Armee das Limestor passieren würde. Heute war es sonnig mit einem blauen, wolkenlosen Himmel. Alles wirkte noch friedlich, aber man spürte die Spannung in der Luft. Nach der Ansprache am späten Nachmittag begaben sich die Elite-Reiter auf ein flaches Gelände unterhalb des Vorplatzes am Limestor.

Für sie hatte der Feldzug bereits begonnen, denn sie nächtigten schon im Feld und nicht mehr im Kastell Aalen. Zelte wurden aufgebaut und Pferdekoppeln errichtet. So würde es die nächsten Tage auch wieder ablaufen. Keiner wusste, wann es wieder zurückging und wann sie wieder im Kastell eintreffen würden. Der Kaiser wollte einen schnellen Sieg. Den würden sie ihm geben. Da waren sie sich alle sicher.

Zurück blieben der Kaiser, Sabinus, die Leibgarde und die Selvaner Zattomare, Luguvale und Cintugene.

Es waren inzwischen weitere Zelte aufgestellt worden. Alle würden heute am Limestor bleiben und erst morgen gemeinsam die Grenze überschreiten.

Die Selvaner waren zunächst für sich, wurden dann aber am Abend zum Essen mit dem Kaiser gebeten. Der Kaiser wollte ihre Gesellschaft. Das hatte er sich so ausgedacht. Und Sabinus würde natürlich ebenfalls anwesend sein.

Das Abendessen war einfach, aber schmackhaft. Irgendwie waren alle schon gedanklich im Feld. Deshalb musste sich auch die Speisekarte an die neue Situation anpassen. Der Kaiser scherzte mit Sabinus. Er war jetzt der neue Statthalter der Provinz Raetien. Er würde nach Augsburg umziehen müssen. Hatte er überhaupt Familie? Kinder, die zur Schule mussten?

Würde dort extra ein Haus für ihn gebaut werden? Sie lachten und die Stimmung war gut.

Die Selvaner hielten sich im Hintergrund. Sie sprachen wenig und hörten zu. Was sollten sie auch dazu sagen? Sie wollten nicht am Feldzug teilnehmen.

Irgendwann wurde Caracalla wieder auf sie aufmerksam und bat sie an seinen Tisch.

Die beiden jungen Selvaner hatten immer noch ihre Lederanzüge an mit den Kapuzen. Der Anzug war sicherlich sehr praktisch für das Gebirge. Aber an heißen Tagen wie heute eher hinderlich. Aber, sie hatten nichts verändert. Ihre Kleidung war noch immer die Gleiche.

Das Bedienungspersonal hatte nun vor ihnen große Gläser gestellt und sie dann mit einer goldfarbenen Flüssigkeit gefüllt. Auch der Kaiser selbst hatte ein solches Glas und hob es in die Höhe. Alle anderen machten es genauso und dann tranken alle daraus. Die Flüssigkeit schäumte stark und hatte einen leicht bitteren Geschmack, aber sie war gut gekühlt. Es schmeckte gut, das fanden alle. Man nickte sich zu und setzte das Glas wieder ab. Die beiden Selvaner hatten etwas Schaum um ihren Mund. Den wischten sie dann aber mit dem Handrücken wieder ab.

„Dieses Getränk heißt Bier", sagte der Kaiser „und es wird in dieser Gegend sehr gerne getrunken. Mir schmeckt es auch gut, und euch?" Alle nickten ihm zu. Niemand war vor dem Feldzug angespannt, alle waren siegessicher.

Der Kaiser begann wieder zu reden:

„Ihr Selvaner macht mich neugierig, wie ihr den heutigen Tag erlebt habt. Ihr seid ja auf euren Bergen sonst ganz für euch."

Luguvale hatte auch sein Glas abgesetzt und antwortete:

„Ja, es ist so, wir leben in den Bergen und sind ziemlich für uns. Unser Geschäft ist die Kupferschmelze. Wir machen das schon lange so. Die Qualität unserer Erzeugnisse ist sehr gut. Einer unserer Großväter hatte damals ein neues Verfahren entwickelt, womit wir das Kupfer ganz rein bekommen. Es enthält praktisch kein Arsen mehr. Darauf sind wir besonders stolz."

Er hielt inne und beobachtete die Anwesenden.

„Aber inzwischen haben wir auch das Eisen. Es hat das Kupfer etwas in den Hintergrund gedrängt. Wir mussten uns auch an die neue Zeit anpassen. Das haben wir jetzt auch geschafft. Auch die Eisenbearbeitung ist kein Problem mehr für uns. Wir könnten die römische Armee mit allem ausrüsten, was gebraucht würde. Auch beim Eisen werden wir immer besser. Aber das Kupfer ist schöner und es wird immer unser besonderes Handwerk bleiben. Mit diesem Metall haben wir über eine sehr lange gehandelt. Das Kupfer liegt uns sehr am Herzen."

Nach einer kurzen Pause:

„Aber das Eisen ist fester und bei den Waffen durchschlagskräftiger als das Kupfer", bemerkte Cintugene. „Eisen ist die Zukunft. Wir müssen uns damit abfinden".

Alle schwiegen. Alle wussten, dass Cintugene Recht hatte.

Zattomare hatte sich im Hintergrund gehalten. Er hatte nichts gesagt. Er kannte die Probleme in seiner Heimat. Er hatte es selbst immer wieder miterlebt, welche Schwierigkeiten es gegeben hatte bei der Umstellung auf das Eisen.

Cintugene sprach weiter.

„Die Umstellung der Kupferproduktion auf die Herstellung von Eisenwaren war nicht ganz problemlos abgelaufen. Es gab auch viele Widerstände innerhalb unserer Gemeinschaft. Aber dann hatten es doch alle eingesehen, dass die Zukunft beim Eisen lag. Es war einfach das bessere Metall. Widerstandsfähiger und vielseitiger einsetzbar. Das hatte alle überzeugt. Dann erfolgte die Umstellung, und alles lief problemlos weiter. Das Eisen war damit auf dem Vormarsch."

Ale nickten und es entstand wieder eine Pause.

Zattomare hatte immer noch nichts dazu gesagt. Er hatte alle beobachtet. Das ging ihn ja auch nichts an. Das waren wirtschaftliche Dinge. Schön, dass die jungen Krieger beachtet wurden und auch dem Kaiser antworten durften. Er musste nicht unbedingt auch noch dazu etwas beitragen. Er hatte schon viel mit ihm geredet.

Sie waren hier am Limestor und morgen würden sie die Grenze überschreiten. Hier wurde gerade Weltgeschichte geschrieben und sie, die Selvaner, waren dabei. Sie würden nicht mit in den Krieg ziehen. Sie würden hier bleiben und den Kaiser nach dem Feldzug wieder empfangen. Sie würden danach noch weitere Gespräche führen. Aber sie würden nicht mit in den Krieg ziehen. Das war einfach zu gefährlich.

Zattomare würde dann seine Arbeit noch weiter und ausführlicher vorstellen. Danach würde der Kaiser weiterziehen, wohin auch immer. Wahrscheinlich würde er weiter auf der Donau weiterreisen und sie selbst würden dann wieder zurück in die Alpen gehen. Das war ihre Heimat, dort wurden sie ja auch gebraucht. Er musste sich um seine Leute kümmern. Sie hatten niemand außer ihm. Er war der Schamane der Selvaner. Er hatte die Autorität. Niemand anderes.

Der Kaiser unterhielt sich weiter mit den jungen Leuten. Das war für die beiden sehr wichtig. Sie wurden ernst genommen. Das würden sie so schnell nicht mehr vergessen. Sie gaben

Antworten und bemühten sich, die Dinge ganz genau zu beschreiben. Diesen Respekt waren sie dem Kaiser auch schuldig.

Und er würdigte das. Er hatte keine Arroganz in seiner Stimme. So sprach er auch mit seinen Soldaten und deshalb liebten sie ihn dafür. Nicht nur wegen der Solderhöhung. Schon auch deswegen, aber auch vor allem wegen seiner Verbindung zu ihnen. Er sprach ihre Sprache. Nichts war gekünstelt. Alles war echt. Alles wurde auch verstanden und ausgeführt. Das war das Besondere an ihm. Er hatte damit Erfolg. Das wusste er selbst auch, das erkannte man sofort. Dieser Mann, so schlecht über ihn auch geredet wurde, er verstand wirklich sein Volk.

Das war nicht immer so. Er war viel mit den Soldaten zusammen. Schon in Britannien. Dort hatte er ja auch seine Lehrjahre.

Der Kaiser sprach nun doch auch Zattomare an. Er wollte wissen, wie er den bisherigen Verlauf der Unternehmung einschätzte.

Zattomare erwachte aus seinen Gedanken.

„Wir sind sehr dankbar, dass wir dieses starke Vertrauen vom Kaiser geschenkt bekommen haben. In der unmittelbaren Nähe des Kaisers zu sein, ist eine ganz besondere Ehre. Deshalb stehe ich jeder Zeit zu Diensten. Alle Fragen zu meiner Arbeit beantworte ich umgehend und mit Freude."

Der Kaiser lächelte ihn an.

„Ich habe einmal mit einem Schamanen gesprochen, der hatte mir von Krafttieren berichtet. Kann ich auch ein Krafttier bekommen? Wo finde ich es?"

Zattomare streckte sich und schaute in die Ferne. Er sammelte seine Gedanken und begann dann zu sprechen.

„Wir Schamanen haben lange geglaubt, dass unsere Kräfte von Tieren, Pflanzen und von der Sonne stammten. Wir waren davon überzeugt, dass Menschen und Tiere miteinander verwandt waren, dass sie sich aber dann später unterschiedlich weiter entwickelt haben. Wir Menschen haben aber dann die Fähigkeit verloren, mit einander zu sprechen. Wir haben ja auch geglaubt, dass Tiere ursprünglich eine menschliche Gestalt hatten. Diese Verbindung zwischen Mensch und Tier ist in der normalen Wirklichkeit bei den Menschen verloren gegangen. Nur noch eine kleine Gruppe von Menschen konnte diese Verbindung für sich erhalten, und das waren die Schamanen."

Er machte eine Pause.

„In Träumen wird diese Verbindung immer wieder hergestellt. Es ist ein Zugriff auf die mythologische Vergangenheit durch den Schamanen. In der Mythologie gibt es viele Erzählungen über Abenteuer von Kojoten, Raben oder Bären. Aus diesen Gruppen erhält der Schamane auch seine Kraft. So kommt die Kraft der Tierwelt zurück zum Schamanen. Schutzgeist oder Krafttier, beide Bezeichnungen haben dieselben Wurzeln. Immer soll der Mensch Fähigkeiten von Tieren wiedererlangen."

Er machte eine Pause.

„Dabei kann sich der Schamane in die Gestalt seines Schutzgeistes oder Krafttieres verwandeln. Diese Vorstellung ist sehr alt. Sie entstand schon am Beginn der Menschheit. Oft ist dabei der Tanz von besonderer Wichtigkeit, um sich in Tiergestalten zu verwandeln. Der Tänzer imitiert durch den Tanzschritt, durch das Tempo, durch typische Bewegungen, Mienen und Gebärden das Krafttier. Den Bären, die Schlange oder den Adler. Masken oder Kostüme verstärken die Verbindung zum Krafttier. Aber es ist mehr als nur die reine Imitation. Es ist wie Raserei. Es ist ein Heulen und Schreien. Es ist Ekstase. Es ist ein sich Hineinversetzen in einen veränderten Bewusstseinszustand."

Wieder hielt er kurz inne.

„Jeder Mensch kann einen Schutzgeist haben. Manche versäumen es, einen zu erwerben. Auch Eltern sorgen dafür, dass ihr Kind einen Schutzgeist bekommt. Häufig wird ein Schutzgeist an einem einsamen Ort in der Wildnis gesucht."

Er machte wieder eine Pause.

„Kinder ohne Schutzgeist können sich nicht entwickeln. Viele kennen allerdings ihren Schutzgeist nicht einmal. Für uns Schamanen steckt eine gewisse Tragik darin, dass viele Menschen einen Schutzgeist haben, wie sich aus ihrer Energie, ihrer Gesundheit und aus anderen äußeren Merkmalen ihrer Kraft zeigt, sie aber die Quelle ihrer Kraft nicht kennen und deshalb auch nicht wissen, wie sie diese Kraft voll ausschöpfen können. Genauso tragisch ist es für uns, dass schwache, kranke und mutlose Jugendliche ihren Schutzgeist verloren haben müssen, der sie noch in der Kindheit beschützt hatte."

Pause.

„Jeder erwachsene Mensch hat einen Schutzgeist, sonst hätte er die Kindheit nicht überlebt. Es gibt eine Übung, eine Technik, den Schutzgeist wieder aufzuwecken. Wir nennen es „Das Herbeirufen der Tiere". Dabei wird der Schutzgeist in Tier- oder Menschengestalt erscheinen. Ich kann euch später zeigen, was dabei zu tun ist."

Er machte wieder eine Pause.

„Es ist ein Tanz. In den alten Kulturen hieß er auch Eröffnungstanz und dann nachfolgend der Krafttiertanz."

Pause.

„Ganz gleich wie wild ein Schutzgeist auch sein mag, sein Besitzer ist niemals in Gefahr. Das Krafttier ist absolut harmlos. Es ist nur eine Quelle der Kraft, es hat niemals Angriffsabsichten. Es ist nur gekommen, um Hilfestellung zu geben".

Wieder machte er eine kurze Pause.

„Immer wieder muss ein Kontakt zum Krafttier hergestellt werden, sonst geht er wieder verloren. Das Krafttier hat allerdings selbst großes Interesse an der normalen Wirklichkeit. Trotzdem gehen die Schutzgeister immer wieder verloren. Sie wechseln also im Laufe eines Lebens. Schutzgeister sind immer Wohltäter. Sie schädigen ihren Besitzer niemals. Auch Ihr, O, Kaiser, besitzt euren Schutzgeist, niemals besitzt er aber euch!"

Jetzt war Stille. Keiner sagte mehr etwas. Morgen würde alles anders sein. Ein Hoch auf den Kaiser!

11. Der 11. August 213

Nach Zattomares Vortrag und den „Hoch"-Rufen auf den Kaiser waren alle zu Bett gegangen. Morgen war der Tag des Feldzugs gegen die Barbaren. Zelte waren aufgestellt worden für die Nacht. Schon sehr früh sollte der Abmarsch beginnen.

Die Selvaner waren aufgeregt. Würden sie wirklich mit dem Heer ins Barbarenland ziehen. Etwa zusammen mit dem Kaiser? War das denn gefährlich für sie? Sollten sie lieber hier bleiben. Sie waren gerade am Brennpunkt der Geschichte.

Cintugene wachte auf und schaute aus dem Zelt. Er konnte nicht mehr schlafen.

Am fernen Horizont war schon ein Lichtstreifen zu sehen. Der Tag begann bereits. Der Nachtwind war frisch. Vor ihm stand das Limestor. Die helle Fassade hob sich vom Nachthimmel deutlich ab. An manchen Stellen glänzte die Fassade auch. Es sah beeindruckend aus. Wachposten stand davor. Er zählte sieben Soldaten. Zwei gingen langsam vor dem Tor auf und ab. Die anderen standen still. Man hörte nur hin und wieder ein feines Knirschen durch die Stiefel auf dem Kies.

Ein Käuzchen rief in der Ferne. Irgendein anderes Tier antwortete auf den Schrei. Dann wieder das Käuzchen. Die Tiere tauschten Nachrichten aus. Sie hatten mitbekommen, dass ein großes Ereignis bevorstand.

Jetzt nahm er auch den Geruch der vielen Pferde wahr. Aber sie waren bemerkenswert still. Vielleicht war es auch Teil ihres Trainings für Militärpferde gewesen. Sie hatten keine Angst. Sie hatten erkannt, wie gut bewaffnet ihre Reiter waren. Sie hörten das Klirren der Waffen beim Galopp. Dies alles erzeugte Sicherheit. Und sie kannten sich gut. Pferd und Reiter hatten immer gemeinsam trainiert.

Sie waren auch jetzt wieder beisammen. Sie wussten, dass etwas Besonderes bevorstand. Sie mussten keine Angst haben, denn sie hatten alles bereits mehrfach eingeübt.

Für die Soldaten gab es eine gemeinsame Sprache und ein gemeinsames Ziel. Der Erhalt und die Sicherheit des Reiches. Dafür erhielten sie Anerkennung. Das war auch wichtig für ihre Familien. Sie waren ein bedeutender Teil der römischen Gesellschaft. Das wussten sie.

Sollte er sich jetzt eigentlich wieder hinlegen? fragte sich Cintugene. Er schaute zurück. Zattomare und Luguvale schliefen noch. Was gab es für ihn jetzt zu tun? Nichts! Also legte er sich doch wieder hin und ließ seinen Gedanken freien Lauf.

Aber der Schlaf kam nicht zurück. Sie waren hier an der Grenze des Reiches. Die Reise hatte mehrere Tage gedauert. Der Sommer neigte sich nun seinem Ende zu. In den Bergen war er sowieso viel kürzer als im Tal. In 2 bis 3 Wochen konnte es dort schon wieder schneien. Ob die zu Hause sich Sorgen um ihn machten. Wahrscheinlich nicht, denn Zattomare war ja mit dabei. Auf ihn konnten sie sich immer verlassen.

Aber es gab ja auch noch andere Probleme. Eigentlich wollte er sich gar nicht mehr damit befassen. Sein Vater hatte das alles in Bewegung gesetzt. Erst zwei Wochen vor ihrer Abreise hatte er Cintugene zu sich bestellt und ihm eröffnet, dass Zattomare irgendwann einen Nachfolger brauchen würde und er der geeignetste dafür sei.

Er war aus allen Wolken gefallen. Er sollte der Nachfolger von Zattomare werden? Das konnte nicht sein. Er wurde doch zum Krieger ausgebildet. Er war Anführer eine Gruppe von gut ausgebildeten Bogenschützen, aber er war keiner, der sich zum Schamanen ernennen lassen würde. Heute nicht und auch Morgen nicht. Er würde mit Zattomare darüber sprechen und der würde das auch verstehen. War es nicht bei ihm genauso gewesen? Hatte er nicht alles in Bewegung gesetzt, um nicht dieses Amt antreten zu müssen? Er hoffte, dass ihm der Blitzschlag wie bei Zattomare erspart bliebe.

Dann übermannte ihn doch der Schlaf. Er träumte wild. Er kämpfte gegen die Barbaren. Sie waren alle sehr stark. Aber er konnte entkommen. Er war oben am Selvasee angekommen. In seiner Heimat. Dort war er sicher. Sein Vater begrüßte ihn. Er musste kein Schamane werden. Diese ganze Verantwortung für alle übernehmen. Er war trotzdem willkommen. Alle liebten ihn, so wie er war. Er war so sehr erleichtert.

Er nahm seinen Vater in den Arm und dann seine Schwester. Tapara! Sie war etwas ganz besonderes. Sie war jung, schön und klug. Sie strahlte ihn an. Alles war gut. Ein Lächeln war jetzt auf seinem Gesicht.

Er öffnete die Augen. Luguvale tätschelte seine Wangen. „Guten Morgen", sagte er. „Wir müssen aufstehen! Sie sind jetzt alle bereit, es geht los! Iss noch ein Stück Brot. Wir gehen mit ihnen. Zattomare hat zugestimmt. Er ist schon draußen. Komm!"

Was? Sie würden mit ins Barbarenland gehen?

Beide schlüpften durch die Öffnung des Zeltes und standen auf dem Platz vor dem Limestor. Alle waren In Bewegung. Die Einheiten formierten sich. Die Soldaten aus Buch waren nun auch angekommen. Jetzt kamen die Reiter hinzu. Der Kaiser stand am Durchgang des Limestors. Seine Leibgarde war bei ihm. Die Zelte wurden abgebaut und die Selvaner begaben sich nun auch zum Limestor. Sie hatten alles bei sich, Cintugene und Luguvale hatten auch wieder ihre Bogen in der Hand und die Pfeile auf dem Rücken.

Zattomare stand neben ihnen. Er hatte auch schlecht geschlafen. Immer wieder war er aufgewacht.

Konnte er es verantworten, dass die drei Selvaner am Feldzug teilnähmen? War das nicht unverantwortlich? Wenn den beiden jungen Leuten etwas passieren sollte, was dann?

Er hatte noch am Abend mit Sabinus darüber gesprochen. Er war der Meinung, es bestehe wirklich kein Risiko.

„Der Kaiser wird doppelt und dreifach durch die Leibgarde abgesichert. Ihr bleibt immer bei ihm. Er schätzt eure Gesellschaft so sehr. Vielleicht glaubst du es mir ja nicht, aber du hast ihn schon sehr gut stabilisiert. Es wäre perfekt, wenn ihr jetzt dabei sein könntet. Wir haben dann den besten Feldherrn aller Zeiten. Deine Anwesenheit ist immens wichtig. Bitte geht mit!"

Er musste ständig auch an seine Worte nach dem Abendessen denken. Er hatte über Krafttiere und Schutzgeister gesprochen. Er dachte an die Zeit als er zum Schamanen berufen worden war. Wie schwierig alles war. Diese Verantwortung für die Gemeinschaft. Aber er hatte alles bewältigt. Sein Schutzgeist hatte ihm immer geholfen und er war so dankbar gewesen. Wenn es nicht so funktioniert hätte, wie es die Gemeinschaft erwartet hätte, wäre er gescheitert. Er hätte das Volk dann verlassen müssen und das wäre der sichere Tod gewesen. Er allein hätte in den Bergen nicht überleben können. Das wäre nicht gegangen und niemand hätte ihm dann geholfen. Wozu auch? Was sollte man mit einem Schamanen machen, der versagt hatte. Wer sollte ihm denn auch noch vertrauen. Auf so jemanden war kein Verlass. Er war ja dann eigentlich zu nichts zu gebrauchen.

Jetzt stand er am Limestor und blickte auf die römische Armee. Viele Soldaten waren zusammengekommen. Die Soldaten vom Kastell Buch bildeten die Vorhut. Dann die Bogenschützen und zum Schluss die Kavallerie. Was bisher noch gefehlt hatte waren die Trompeter.

Jetzt waren auch sie hinzugekommen. Die Musiker sollten das Heer auf den Feldzug einstimmen. Sie spielten zuerst langsam und stimmungsvoll. Die Akkorde waren kurz und dabei entstand immer wieder ein Dialog. Frage und Antwort. Beides wechselte sich ab. Der Kaiser stand weiterhin am Limestor. Er war ständig im Gespräch mit Sabinus. Verschiedene Reiter übergaben Meldungen und ritten dann wieder zurück. Der Kommandeur des Kastells Buch meldete dem Kaiser die Einsatzbereitschaft des Heeres. Danach erschien der Kommandant des Reiterkastells Aalen und übergab dem Kaiser die Führung über die gesamte Kavallerie. Die Reiterei war nun vollständig einsatzbereit.

Der Kaiser wandte sich an Sabinus. Auch er meldete Vollständigkeit und die bedingungslose Einsatzbereitschaft des römischen Heeres.

Caracalla und Sabinus traten auf die Seite. Jetzt war erstmals zu erkennen, dass das Heer nicht durch das Portal am Limestor ins Barbarenland eindringen würde, sondern man hatte an der Limesmauer eine 10 Meter breite Öffnung freigelegt. Dort sollte das Heer durchschreiten. Die Trompeter wurden durch Posaunen verstärkt. Die Musik war nun sehr laut.

Der Abmarsch begann.

Der Kaiser stand auf der Seite und grüßte die militärischen Einheiten. Es war ein monotones Geräusch der Truppe. Ein Fuß vor und dann der nächste. Sie kamen in Bewegung. Eine Legion bestand aus 6000 Soldaten. Es gab Unterabteilungen. Die kleinste Einheit war eine Zenturie, das waren 80 Männer. Sie kämpften in vorderster Front. Zwei Zenturien waren ein Manipel, also 160 Mann. Sechs Zenturien waren eine Kohorte, also knapp 500 Mann. Eine Legion bestand also aus zehn Kohorten. Der Zenturio kommandierte die Zenturie. Er trug einen quergestellten Helmbusch aus gefärbtem Pferdehaar. Hinzu kamen noch die Hilfstruppen. Diese Einheiten hatten nochmals die gleiche Stärke. Insgesamt waren es also über 10.000 Soldaten. Im Offiziersstab gab es elf Offiziere. Sie leiteten den Einsatz.

Das Kommando führte ein Gesandter des Senats, meist der Statthalter der Provinz. Heute war es natürlich Sabinus. Er würde sich gleich vom Kaiser verabschieden und ganz vorne dabei sein.

Der Kaiser selbst würde erst später dazu kommen. Er wurde von allen Seiten beschützt. Er durfte sich nicht in Gefahr begeben. Das war sehr wichtig.

Die ersten Truppen hatten bereits den Limes passiert und befanden ich nun außerhalb des Römischen Reiches. Der Abmarsch erfolgte sehr geordnet. Die Selvaner standen neben der Leibwache des Kaisers. Dieser sprach immer noch mit verschiedenen Offizieren und grüßte immer wieder die Truppe. Irgendwann waren die Fußtruppen durch den Limes durch und dann folgten die Reiter.

Es war ein Schauspiel, das beeindruckte. Wie geordnet alles verlief. Kein Pferd sträubte sich. Alle wollten hindurch. Der Platz vor dem Limestor leerte sich. Es wurde somit auch immer ruhiger.

Jetzt wurde es auch Zeit für den Kaiser und seiner Leibgarde durch die Maueröffnung zu gehen. Er forderte die Selvaner auf, mitzukommen.

Sie schauten sich an und gingen hindurch. Sie schauten zurück. Ein Bautrupp erschien plötzlich und mehrere Karren wurden herangefahren. Sie erkannten es sofort.

Die Öffnung in der Mauer sollte rasch wieder geschlossen werden. Sicherlich war in wenige Stunden von der Mauerlücke am
Limestor nichts mehr zu sehen.

12. Im Barbarenland

Sie waren nun auf der anderen Seite. Das Barbarenland lag vor ihnen. Es gab nun keine Straße mehr, Es gab nur einen Weg entlang des Flusses, den sie Jagst nannten. Dieser Fluss wurde nun immer breiter. An diesem Fluss entlang marschierte die Truppe. Dann bog der Fluss nach Südwesten ab, aber die Truppe wandte sich weiter nach Norden hin zum Main. Es war das Gebiet, wo die Kämpfe mit den germanischen Völkern im Jahr 213 stattfanden.

Die Selvaner waren immer noch in Begleitung des Kaisers und seiner Leibgarde. Sie waren deutlich hinter der Front. Der Kaiser erhielt alle Informationen. Er wurde ständig durch Kuriere auf dem Laufendenden gehalten. Alle Aktionen waren bisher erfolgreich gewesen. Einmal näherte sich an einem Nachmittag unvorhergesehen ein Trupp germanischer Krieger dem Aufenthaltsort des Kaisers, aber sie wurden sofort von der Leibgarde zurückgeschlagen.

Der Kaiser hatte jetzt plötzlich viel Zeit. Entscheidungen wurden immer rasch getroffen. Nachts wurde es jetzt bereits kälter. Die Soldaten wussten sich aber mit Decken zu helfen. Die Angriffe verliefen koordiniert, die Kavallerie hatte einen großen Anteil daran. Die Feinde zogen sich immer mehr ins Hinterland zurück und organisierte von dort aus neue Angriffe.

Mehrere Jahrzehnte bedeutete dies nun Ruhe an der Grenze. Kuriere berichteten dem Kaiser weiter über den Stand der Kämpfe.

Alles verlief nach Plan.

Die Selvaner waren nun auf germanischem Gebiet. Sie sahen Flüsse, Wälder und Wiesen. Sie staunten über die Schönheit dieser Region. Um die Mittagszeit wurde ein einfaches Essen gereicht. Es war schmackhaft und sättigend. Danach trat im Lager meist für einige Zeit Ruhe ein.

Es war wieder so ein Nachmittag und alle hatten sich etwas gelangweilt, als plötzlich laute Schreie zu hören waren. Alle waren sofort wach. Es war plötzlich allerhöchste Alarmstufe.

Ein germanischer Reitertrupp näherte sich erneut im Sturm dem Lager. Es waren mehrere Krieger, die gewandt auf ihren Pferden saßen. Sie stoppten aus dem Galopp heraus ihre Pferde und schleuderten die Speere ab. Ein Rauschen und Flirren durchzog nun die Stille.

Der Kaiser selbst wurde nicht getroffen. Die Speere flogen auch an den Selvanern vorbei. Cintugene und Luguvale spannten ihre Bogen und schossen. Die vordersten Angreifer wurden getroffen und stürzten vom Pferd. Die anderen zogen sich schnell wieder zurück. Es war also nicht viel passiert. Aber die Aufregung war groß.

Der Kaiser hätte verletzt werden können. Wo war die Absicherung? Wie konnten die feindlichen Reiter so nahe an den Kaiser herankommen?

Der Kaiser war wütend. Er brüllte laut und verschaffte sich Luft. Wie war das möglich gewesen? Warum gab es keine Informationen. Er war außer sich. Alle zogen nun die Köpfe ein.

Er befahl Sabinus zu sich.

Sabinus erschien, kniete vor dem Kaiser nieder und bat um Verzeihung. Der Kaiser schüttelte energisch den Kopf und sagte nichts mehr. Er schickte Sabinus barsch wieder weg. Er war immer noch aufgebracht. Aber er beruhigte sich nach einer Stunde doch wieder. Sabinus war ihm einfach zu wichtig. Die Bewachung wurde verstärkt

Immer wieder kamen erneut Boten und berichteten dem Kaiser.

Die Nachrichten waren meist erfreulich, so dass der Kaiser bald auch wieder besserer Stimmung war.

Am Abend saßen alle beisammen. Der Kaiser selbst leitete die Gespräche und berichtet ausführlich über seine Zeit in Britannien. Man spürte seine Begeisterung für dieses Land. Es war die Zeit, als der Vater noch versuchte, das Verhältnis der beiden Brüder zu entspannen. Aber der Vater war damals schon schwach und starb ja dann auch bald. Danach gab es nur noch Kampf. Einer gegen den anderen. Und dann ist ja die Sache eskaliert und Geta wurde ermordet. Darüber wurde natürlich nicht gesprochen, das war dann doch zu brisant.

Der Kaiser wollte nun etwas Ablenkung. Er wandte sich an Zattomare und bat ihn um eine Geschichte. Vielleicht eine Geschichte, die etwas mit Schamanischem zu tun hatte. Der Kaiser hatte sich wohl inzwischen weiter mit diesem Thema beschäftigt.

Zattomare dachte kurz nach und sagte dann:

„Ich würde euch gerne die „Geschichte von Frau Holle" erzählen. Es ist eine sehr alte Geschichte. Diese Geschichte wird auch als Märchen bezeichnet. Unsere Kinder hören sie gerne, aber es ist eigentlich eine Geschichte für Erwachsene."

Er machte eine Pause.

„Aus dieser Geschichte erkennt man, dass es Schamanen schon lange vor unserer Zeit gegeben haben muss. Unsere Tradition besteht also doch schon sehr lange."

Kein Römer kannte diese Geschichte von Frau Holle. Sie war bei ihnen nicht verbreitet. Es war zunächst eine keltische, später wurde es dann eine germanische Geschichte.

„Eigentlich stammt diese Geschichte noch aus der Urzeit. Natürlich wurde der Inhalt im Laufe der Jahrtausende immer wieder geändert und an die jeweilige Zeit angepasst, aber die Aussage ist immer die gleiche geblieben. Ja, es ist eine der ältesten Geschichten, die wir Menschen kennen. Sie wurde bestimmt schon an den Feuern der Jäger erzählt. Oder die Frauer haben sie erzählt, wenn sie auf ihre Männer gewartet haben, bis sie von der Jagd zurückkamen."

Alle schauten ihn erstaunt an. Das musste ja eine seltsame Geschichte sein. Warum war sie niemandem bekannt? Wie kam das?

Zattomare hielt inne, wie wenn er den Zuhörern Zeit geben wollte, alles zu verstehen und zu verarbeiten.

Jetzt begann er zu erzählen:

„Diese Geschichte handelt von vier Personen, alle sind weiblichen Geschlechts. Es ist einmal Frau Holle selbst und dann gibt es noch zwei Mädchen und ihre Mutter, eine Witwe. Die Mädchen hatten im Laufe der Zeit verschiedene Namen bekommen. In der heutigen Zeit heißen sie Goldmarie und Pechmarie. Die Mutter hat keinen Namen. Sie wird nur als Witwe bezeichnet. Es gibt also keinen Mann in dieser Geschichte."

Alle hörten jetzt interessiert zu.

„In dieser Geschichte gibt es bereits die schamanische Dreigliederung der Welt. Das ist zunächst das Besondere daran."

Jetzt waren alle etwas verwirrt. Aber Zattomare sprach weiter.

„Wir haben darüber ja schon früher gesprochen. Neben der alltäglichen Welt, die alles umfasst, was wir materiell begreifen können, gibt es ja noch die nichtalltägliche Welt, die wir nur unter bestimmten Umständen erkennen können."

Kurze Pause.

„Es kommt dann noch hinzu die untere Welt, zu der wir durch einen Tunnel, eine Baumwurzel, ein Gewässer oder einen Brunnen gelangen können."

„Aber auch die mittlere Welt hat eine zusätzliche, normalerweise unsichtbare, spirituelle Seite, also eine Welt neben der Welt. Sie umfasst unseren gesamten Kosmos."

„Dann gibt es noch eine obere Welt. Zu ihr gelangt man über Leitern, Treppen oder einen Baum."

„Alle diese Welten finden wir auch in dieser Geschichte wieder."

Jetzt waren alle sehr aufmerksam.

„Frau Holle ist eigentlich die profane Bezeichnung für eine Göttin. Sie hatte immer wieder verschiedene Namen. Sie hieß einmal Holda oder Hulda, aber auch Berchta, Berta oder Perchta, das heißt eigentlich die „Leuchtende" oder die „Glänzende"."

„Frau Holle als Göttin?"

„Diese Göttin trat immer in zwei Erscheinungen auf."

„Wie?"

„Einmal als junge, sehr schöne und begehrenswerte Frau und dann auch als altes hässliches Weib mit strubbeligen Haaren, langen Zähnen und besonders großer Nase. Ebenso, wie man sich auch eine Hexe vorstellen würde."

Pause.

„Holle war aber in Wirklichkeit eine Göttin der Steinzeit. Eine Herrin, deshalb auch der Titel Frau, also kein Weib. Damals waren alle Götter weiblich gewesen. Das war das Besondere dieser Zeit."

121

Alle schauten etwas überrascht Zattomare an. Alle wollten jetzt wirklich diese Geschichte hören. Er hatte sie jetzt wirklich lange genug auf die Folter gespannt.

„Sicherlich seid ihr jetzt sehr gespannt auf die Geschichte. Ich will sie euch jetzt erzählen und dann alles weitere danach erklären."

Er machte nochmals eine Pause, schaute in die Runde und begann:

„Es gab einmal eine Witwe. Sie hatte zwei Kinder, eine leibliche Tochter und eine Stieftochter. Sie hatte die eigene Tochter lieber als die adoptierte, obwohl sie hässlich und ziemlich faul war, während die andere sehr schön und sehr fleißig war."

„Aber?"

„Das ist eigentlich ein erstaunlicher Gegensatz. Wir tun uns schwer, diese Unterscheidung zu verstehen."

„Während die Stieftochter täglich sehr viel arbeiten musste, hatte die leibliche Tochter keine Verpflichtungen. Sie lebte einfach so in den Tag hinein."

„Die Stieftochter musste spinnen, bis ihre Finger blutig waren. Dazu setzte sie sich oft auf den Rand eines Brunnens an einer belebten Straße vor dem Haus."

„Eines Tages fiel ihr plötzlich die Spindel aus der Hand und dann in den Brunnen hinab. Das war schlimm, denn sie musste jetzt die Wut ihrer Stiefmutter fürchten. Sie hatte deshalb große Angst. Sie wusste zunächst nicht, was sie nun tun sollte. Aber, sie musste jetzt die Spindel wieder zurückholen. Deshalb sprang sie in den Brunnen hinab. Dabei wurde sie ohnmächtig."

Wieder machte er eine Pause.

„Später wachte sie aber wieder auf und sie lag dann auf einer schönen Blumenwiese. Sie schaute umher. Seltsamerweise stand neben ihr ein Backofen, in dem Brote lagen. Diese konnten sogar sprechen."

„Sie sagten: „Hol uns hier raus, denn sonst verbrennen wir. Wir sind schon längst fertig gebacken."

„Das Mädchen stand also auf und tat alles, wozu sie aufgefordert worden war."

Wieder eine Pause.

„Dann ging sie weiter. Sie kam an einem Apfelbaum vorbei. Auch dieser konnte sprechen und er rief: „Meine Äpfel sind schon alle reif. Schüttle mich!"

„Sie tat auch dies und alle Äpfel fielen zu Boden."

„Sie ging immer weiter und kam schließlich zu einem kleinen Haus. Aus einem der geöffneten Fenster schaute eine alte Frau mit großen Zähnen heraus. Das Mädchen erschrak bei dem Anblick dieser Frau. Die alte Frau bemerkte dies und sagte ihr, dass sie sich nicht fürchten müsse."

„Ich bin Frau Holle", sagte sie freundlich, „Dir soll es gut gehen, wenn du bei mir bleibst und mir im Haus hilfst. Du musst mir auch immer mein Bett gut machen."

„Wenn Frau Holle ihr Bettzeug aufschlug, so dass die Federn flogen, dann sanken die Daunen als Schneeflocken auf die Erde hinab."

Wieder gab es eine Pause.

„Das Mädchen wollte Frau Holle gerne helfen und blieb bei ihr. Sie wurde freundlich behandelt, aber dann bekam sie später doch immer mehr Heimweh. Das sagte sie auch Frau Holle."

„Frau Holle versprach ihr, dass sie selbst sie wieder zu ihrer Familie bringen würde."

„Auf dem Weg zurück kamen sie zu einem großen Tor. Als das Mädchen hindurchschritt, fiel Gold auf sie herab und blieb an ihrer Kleidung hängen."

„Als sie dann zu Hause ankam, krähte der Hahn: „Kikeriki, unsere goldene Jungfrau ist wieder hie."

„Als die Witwe sah, dass ihre Stieftochter mit Gold bedeckt war, nahm sie das Mädchen wieder bei sich zuhause auf und ließ sich alles genau erzählen, was passiert war. Ihre eigene Tochter sollte es dann genauso machen. Deshalb schickte sie ihre leibliche Tochter auch zum Brunnen."

Pause

„Sie nahm denselben Weg. Aber, es kam dann doch anders!"

Pause

„Sie holte das Brot nicht aus dem Backofen und sie schüttelte auch nicht den Apfelbaum. Sie half Frau Holle nicht im Haushalt und war auch immer sehr unhöflich zu ihr."

Pause

„Frau Holle gefiel das gar nicht. Schon bald entließ sie das Mädchen wieder aus ihren Diensten."

Pause

„Als die Tochter der Witwe ebenfalls unter den Torbogen trat, fiel nicht Gold auf sie herab, sondern ein Kessel voller schwarzem Pech, das nicht mehr von den Kleidern abgehen wollte."

Pause

„Sie ging entsetzt nach Hause und der Hahn im Hof krähte bei ihrer Ankunft: „Kikeriki, unsere schmutzige Jungfrau ist wieder hie.""

„Das war die Geschichte, die ich euch erzählen wollte.""

Jetzt entstand eine längere Pause.

Jeder dachte nach. Alle schauten dann auf Zattomare. Er lächelte vergnügt. Diese Geschichte hatte es in sich. Sie war eigentlich etwas Besonderes. Er liebte sie. Immer wieder hatte er sie erzählt. Alle würden sich nun darüber Gedanken machen. Und das war ja auch gut so. Sie sollten sich ja auch darüber Gedanken machen.

„Und wo ist der Schamanismus?" fragte der Kaiser in die Stille hinein.

Zattomare reckte sich etwas und begann dann zu sprechen.

„Alle schamanische Welten finden wir in dieser Geschichte wieder. Beide Mädchen bereisen zunächst die untere Welt", begann Zattomare.

„Durch den Sprung in den Brunnen gelangen sie dorthin. Nach der Vorstellung der Schamanen ist die untere Welt ein wunderbarer Ort. Dies wird durch die schöne Blumenwiese dargestellt. Die Lebenskraft ist im Überfluss vorhanden. Weder Goldmarie noch Pechmarie treffen allerdings dort ihr Krafttier. Aber andere Wesen, die beseelt sind, sprechen und sich für die Hilfe bedanken können wie die Brote und der Apfelbaum, kommen darin vor."

„Brot und Äpfel sind Gaben der Natur. Gespendet durch die Göttin. Sie erneuern die Lebenskraft und sind somit Sinnbilder für die schamanische untere Welt. Auch der Ofen hat seine Bedeutung. Er ist der Ort der Transformation. Das Feuer verwandelt alles. Aus Mehl entsteht Brot. Der Apfelbaum ist der Lebensbaum. Er verkörpert den Zyklus von Blühen, Reifen, Ernten, Ruhen und Wiedererblühen. Auf den Menschen übertragen bedeutet es Leben, Tod und Wiedergeburt."

Alle schwiegen jetzt.

Der Schamane hatte wirklich weise Worte gesprochen.

„Nun, wie gehen die beiden Mädchen mit diesen Erfahrungen um?" sprach Zattomare nach einer Pause weiter.

„Goldmarie erkennt die Regeln des Lebens an. Sie holt das fertig gebackene Brot aus dem Ofen und schüttelt die Äpfel vom Baum. Sie tut das Richtige. Herz und Verstand sagen ihr das. Pechmarie macht es anders. Sie ist ganz auf den Lohn fixiert. Sie stellt sich damit außerhalb der natürlichen Ordnung. Sie macht nur das, was ihr nützt. Sie ist nur am Gewinn orientiert. Nur deshalb springt sie in den Brunnen. Das ist ihr eigentliches Dilemma. Es ist noch viel schlimmer als ihre Faulheit, durch die sie sonst charakterisiert wird."

Die anderen hörten weiter zu.

„Beide treffen auf eine Frau mit einem schrecklichen Aussehen, insbesondere die langen Zähne sind furchteinflößend. Aber sie spricht freundlich zu ihnen. Sie soll durch ihre Erscheinung abgewertet werden. Aber sie ist eine Schöpferin. Das muss so sein, weil in späteren Zeiten männliche Herrschaftsstrukturen vorherrschen werden. Die männlichen Eroberer werden die Herrschaft an sich reißen. Die Naturreligionen werden durch andere Vorstellungen ersetzt."

Niemand sagte jetzt ein Wort dazu. Auch der Kaiser schien in Gedanken zu sein.

Sabinus erschien plötzlich.

Er flüsterte dem Kaiser ein paar Worte ins Ohr und setzte sich dann auch in die Runde. Es war nun ganz still. Ein Vogel schlug an, dann wieder Stille.

Zattomare nahm einen Schluck Wasser und sprach dann weiter.

„In dieser Geschichte hat man immer wieder das Gefühl, dass es sich bei Frau Holle wirklich um diese große Göttin handelt. Sie ist souverän in ihrer Erscheinung"

Pause

„Was in der Geschichte nicht gesagt wird, ist, dass Frau Holle beide Mädchen in ihren Dienst nimmt und sie auch ausbildet. Beide werden zu Schamaninnen. Sie erfahren alles, was wichtig ist, um ein gutes Leben zu führen, im Einklang mit der natürlichen Ordnung. Beide schütteln das Bettzeug der Frau Holle und es fällt Schnee auf die Erde. Sie sind also auch in der Lage, das Wetter zu beeinflussen. Sie führen Gespräche mit anderen Wesen, wie mit dem Backofen und dem Apfelbaum."

Er schwieg und strich sich durch die Haare, denn das rote Käppi hatte er abgelegt. Das tat er immer, wenn er etwas besonders Wichtiges zu sagen hatte. Alle waren gespannt, was nun kam.

„In der Steinzeit war die Kultur matriarchalisch, denn die Götter waren Frauen. Durch das kriegerische Vordringen zunächst der Kelten und dann der Germanen verringerte sich nach und nach die Bedeutung der Frau und ihr spiritueller Hintergrund. Die große Göttin verlor an Bedeutung. Die männlichen Götter kamen nun zum Zug und nahmen die Stelle der großen Göttin ein. In unserer Geschichte nehmen hauswirtschaftliche Tätigkeiten einen breiten Raum ein. Dies ist ein Hinweis auf die Blütezeit der matriarchalen Gesellschaft. Nomadische Stämme werden nun sesshaft und wurden zunehmend zu Ackerbauern.

In dieser Zeit wurde die große Göttin noch verehrt, weil sie neuartige Fähigkeiten vermittelt hatte wie Spinnen, Weben, Ackerbau und Pflanzenkunde. Nach wie vor war sie Schöpferin allen Lebens."

„Das weibliche war beständig, das männliche dagegen oft vergänglich. Goldmarie spürte die Bedeutung der großen Göttin in der Gestalt der Frau Holle. Sie fasste Zutrauen und ihr gelangen auch die Aufgaben, die ihr gestellt werden. Die Betten werden in der oberen Welt geschüttelt. Dort sind auch unsere schamanischen Lehrer."

Pause

„Beide Mädchen wollen aber wieder zurück in die alltägliche Welt."

„Goldmarie wird reichlich beschenkt. Sie trägt ihr Gold und ihre Erfahrung zurück in die Welt, wo sie auch sichtbar werden. Sie ist eine göttlich Beschenkte. Sie wird dadurch auch zu einer Mittlerin zwischen den Welten."

Pechmarie trägt ihr Nichtwissen ebenfalls in die Welt. Es ist sichtbar durch das Pech, das nun an ihr haftet. Sie kann das Pech auch nicht wieder abschütteln."

Pause

„Diese Geschichte zeigt ganz deutlich, dass eine Welt, die nur auf materiellen Gewinn angelegt ist, in eine Sackgasse führt."

Niemand sagte mehr etwas dazu. Alle waren beeindruckt. Der Tag war lang gewesen und jeder zog sich nun zurück, um für den nächsten Tag wieder fit zu sein.

13. Ende des Krieges

Der Krieg ging zu Ende. Er hatte glücklicherweise nicht lange gedauert. Der Aufenthalt der römischen Truppen jenseits des Limes dauerte bis Ende September 213. Also deutlich weniger als 2 Monate, als höchstens 7 Wochen.

Am 8. Oktober 213 wurde der Sieg Caracallas über die Germanen in Rom gefeiert. Wir müssen davon ausgehen, dass der Bote mit der Siegesnachricht etwa 1 Woche gebraucht hatte, bis er schließlich in Rom eintraf.

Caracalla nahm den Titel „Germanicus maximus" an. „Britannicus maximus" war jetzt nicht mehr so wichtig.

„Pro Salute et Victoria Germanica Imperatoris Caesaris M. Aurelii Severi Antonini Pii Felicis Augusti". Das stand überall geschrieben. Anlässlich des Sieges über die Germanen wurden diese Inschriften zu Ehren von Caracalla und seiner Mutter Julia Domna angefertigt. Während der Kaiser jetzt den Ehrentitel „Germanicus" trug, erhielt Julia Domna dagegen den Titel „Mater castrorum", „Mutter der Heerlager". Das hörte sich doch etwas seltsam an.

Der Kaiser wurde außerdem mit dem Titel „Unbesiegbarer Augustus" geehrt. Der Kaiser selbst hatte mit seinem Heer den Limes überschritten. Er war selbst in die Kämpfe verwickelt gewesen. Er war selbst in Gefahr, bei den Kämpfen verletzt zu werden. Er hatte den Oberbefehl. Alle Kämpfe konnten aber zu Gunsten der Römer entschieden werden. Es wurde berichtet, dass erhebliche Geldzahlungen an die Germanen im Spiel gewesen sein sollen. Man wollte einfach, dass der Krieg möglichst schnell wieder zu Ende war. Dafür war sicherlich auch das Geld hilfreich. Für lange Zeit würde nun nichts mehr passieren. Die

Germanen würden keinen weiteren Angriff mehr gegen die römischen Grenzanlagen unternehmen.

Immer mehr wurde von den germanischen Völkern auch römische Sitten übernommen. Vor allem die germanische Elite übernahm Statussymbole der Römer. Das Geld spielte jetzt bei ihnen auch eine immer größere Rolle.

Auch die römische Technik wurde kopiert. Mitten im Barbarenland wurde plötzlich römische Keramik in großen Stückzahlen produziert. Die Produktion war in Qualität und Herstellungstechnik mit römischer Keramik vergleichbar. Es gab also enge Verflechtungen. Wahrscheinlich konnten die Germanen auch billiger produzieren.

Eigentlich gab es ein Erklärungsproblem. Die Römer marschierten in ein Gebiet ein, in dem es eigentlich ziemlich ruhig war. In Wirklichkeit drohte von dort aus damals noch gar keine große Gefahr. Zunächst nicht, aber die Römer hatten dieses Gebiet auch ständig überwacht. Die Römer erkannten aber andere Veränderungen. Sie wollten deshalb frühzeitig handeln. Es gab im germanischen Gebiet natürlich auch Unruhen. Die dort vorherrschende Bevölkerung schob sich weiter nach Süden vor, weil im Norden immer neue Bevölkerungsgruppen zuwanderten.

Das Römische Reich hatte also eine Sogwirkung entwickelt. Alle wollten am Reichtum dieses Landes teilhaben. Es wurden Raubzüge veranstaltet und die Wohnsitze immer mehr zur Grenze hin verlagert.

Heute würde man von „Warlords" sprechen. Alte Stammesordnungen lösten sich immer mehr auf. Es bildeten sich regionale Machtstrukturen aus. Auf diese Weise entstanden die Alemannen. Die Grenzanlagen am Limes wurden auch deshalb nach 206 n. Chr. verstärkt. Eine wirksame Reitersperre und die

Steinmauer kamen hinzu. Der Feldzug wurde aus diesem Grund unternommen. Der zunehmend aggressiver werdende Feind sollte geschwächt werden.

Schon im Frühjahr 213, also bereits vor dem Eintreffen des Kaisers hatte bereits ein kleiner Feldzug von Mainz aus stattgefunden. Es war aber eher eine Provokation. Der Feind sollte in Stellung gebracht werden. Eine offene Feldschlacht hatte damals nicht stattgefunden. Die germanischen Gruppen waren auch zu diesem Zeitpunkt nur wenig organisiert.

Die römischen Truppen rückten gegen die germanischen Siedlungen vor und hinterließen gezielt verbrannte Erde, um die Ernte und den Besitz zu vernichten. Ziel solchen Vorgehens war es, dem Gegner möglichst langfristig die Lebensgrundlagen zu nehmen und ihn zu Vertragsabschlüssen zu zwingen.

Frauen und Kinder kamen in die Sklaverei. Die germanische Reiterei war nur auf Scharmützel beschränkt. Trotzdem war die Zahl der gefallenen römischen Soldaten relativ hoch. Erneut wählte sich Caracalla die besten gefangengenommenen germanischen Kämpfer für seine Leibwache aus.

Caracalla war bereits wieder auf dem Weg nach Süden. Die Selvaner waren aber immer noch sein Begleiter. Es waren die letzten Septembertage des Jahres 213. Zunächst wurden die Flüsse Tauber und Jagst überquert, bis sie am Fluss Kocher ankamen. Dort bestiegen sie ein Boot, das sie flussabwärts brachte.

Die Fahrt war eher beschaulich. Dieses Gebiet mit seiner grünen Landschaft war vor noch nicht allzu langer Zeit nach der Vorverlegung des Limes zum Römischen Reich hinzugekommen. Damals musste zuerst eine ganz neue Infrastruktur angelegt werden.

Neue Straßen und neue Häuser. Die Verwaltung musste funktionieren. Vor fast 60 Jahren wurde deshalb auch eine neue Stadt am Kocher gebaut. Sie hieß Civitas Aurelia Granni.

Sie lag an einem linksseitigen Südhang im Kochertal in der Mitte des Weges zwischen Limes und der Einmündung des Kochers in den Neckar.

Der Name sagt aber bereits, dass dieser Ort etwas Besonderes war. Er war dem keltischen Heilgott Apollo Grannus geweiht.

Schon aus der Ferne war der mit roter Farbe bemalte Tempel des Heiligtums sichtbar. Ein bewegender Anblick für die Ankommenden.

Sie saßen noch im Boot und blickten zum Tempel hinauf. Ganz vorne im Boot saß Caracalla, meist im Gespräch mit seinem Statthalter Sabinus. Bald würden sie die Anlegestelle am Flussufer erreicht haben. Die Bäume und Büsche an der Uferbefestigung wichen zurück. Jetzt sah man auch die große Versammlungshalle neben dem Tempel.

Apollo Grannus? Wer war das?

Der keltische Gott Grannus war sehr beliebt und stark verbreitet in Raetien und in Ober- und Niedergermanien. Die Römer hatten ihn mit Apollo gleichgesetzt. Seine Partnerin war Sirona.

Grannus wurde in Heilbädern verehrt, denn viele gingen zu ihm bei Krankheiten und Leiden aller Art, und auch sein Heilwasser wurde für Behandlungen und Kuren genutzt. Am Limes waren es Phoebiana und Civitas Aurelia. Diese Anlagen befanden sich auf römischem Gebiet, das erst durch die Vorverlegung des Limes weiter ins Barbarenland hinein zum Römischen Reich hinzukam.

Phoebiana hatte der Kaiser vor dem Feldzug gegen die Barbaren aufgesucht, auf der Rückfahrt wollte er dann das zweite große Heiligtum des Apollo Grannus kennen lernen.

Er fühlte sich eigentlich noch immer krank. Erschöpft und kraftlos. Immer waren sonderbare Gedanken in seinem Kopf. Jemand gab ständig Kommentare ab. Er hörte Stimmen. Sein Leben wurde ständig überprüft und kommentiert.

Er befürchtete, dass die Alemannen auch Zauberei gegen ihn benutzt hatten. Er hatte sie zwar besiegt, aber sein Kopf wurde durch sie immer wieder stark beeinflusst. Sie gaben ihm Gedanken ein. Sie wollten ihn beeinflussen. Sie wollten Macht über ihn bekommen. Auf diese Weise wollten sie ihn doch noch schwächen. Aber das würde er sich nicht gefallen lassen. Er würde sich wehren. Das würde er niemals zulassen.

Diesen Fluch musst er jetzt endlich beseitigen und zwar möglichst bald. Apollo Grannus musste ihm helfen. Er musste ihn heilen. Aeskulap und Serapis hatten beide bisher leider versagt.

Vertraute in Rom hatten Apollo Grannus ins Spiel gebracht und Kuren empfohlen. In Phoebiana ging es ihm doch schon viel besser.

Aber nach dem Feldzug bei den Germanen war alles wieder zurückgekommen. Er war einfach nicht mehr so belastbar wie früher. Er musste etwas dagegen tun. Er konnte so nicht mehr weitermachen.

Apollo war sein persönlicher Beschützer. Apollo und die Sonne waren wie er. Ein Leuchten auf der Erde. Wer sollte von ihm Besitz ergreifen! Doch nicht die Barbaren? Die waren fern jeder Zivilisation. Die konnten ihm doch nichts antun! Und doch war da was. Sie wollten den Herrscher Europas ins Herz treffen. Ihm schaden, damit seine Macht immer kleiner wurde. Er würde das nicht zulassen. Apollo, sein Beschützer, würde alles regeln. Da war er sich jetzt ganz sicher.

Dort oben stand das Heiligtum. Dort musste er hin. Dann würde wieder alles gut. Der Schamane war jetzt immer dabei gewesen. Sie hatten viel gesprochen, aber es war eigentlich nichts Entscheidendes passiert. Nichts von Dauer, kurzfristig schon, aber nichts Grundlegendes. Das fehlte immer noch.

Seine Mutter hatte ihn auch bestärkt, zu Apollo Grannus zu gehen. Der würde ihm sicherlich helfen können. Der Schamane hatte von den verschiedenen Welten gesprochen.

Aber wie sollte er jemals dorthin kommen. Er selbst hatte ja auch göttliche Eigenschaften. War er nicht auch ein gottähnliches Wesen. Er sollte eigentlich nur mit den Göttern selbst in Kontakt treten. Er brauchte ja eigentlich gar keinen Schamanen. Er würde diese seltsamen Leute bald wieder nach Hause schicken. Ihre Hilfe kam bei ihm nicht an. Das konnte nicht funktionieren. Irgendwie war er verzweifelt. Das alles hatte er doch nicht verdient.

Der Krieg war zu Ende und er würde ans nächste Ziel reisen. Nikomedia war die nächste Etappe. Er würde die Donau hinabfahren und über die Dardanellen hinübersetzen. Es war eine beschwerliche Reise, aber er kannte sich aus. Er war schon einmal dort gewesen. Vorher musste er mit Apollo Grannus reden. Er musste ihm helfen. Heute oder morgen!

Das Boot hatte jetzt die Anlegestelle erreicht und wurde mit Seilen festgezurrt. Sie konnten nun aussteigen.

14. Civitas Aurelia Granni (Neuenstadt am Kocher)

Sie verließen alle das Boot. Der Kaiser ging voraus. Sie standen dann am Ufer des Flusses Kocher und wurden sehr freundlich empfangen.

Zunächst hielt sich das Militär bereit. Sie hatten sich links und rechts entlang der Straße, die zum Heiligtum führte, aufgestellt. Alle in goldenen Uniformen mit roten Stoffeinsätzen. Eine Abteilung trug außerdem Gesichtshelme. Danach die Abgeordneten des Heiligtums, die Priester in langen Mänteln. Sie verneigten sich tief und grüßten. Der Kaiser und sein Gefolge schritten weiter.

Es ging nun leicht bergauf. Auf einer Hangterrasse stand das Heiligtum. Im Wesentlichen waren es zwei Gebäude. Der Tempel mit dem überdachten Wandelgang und die große Versammlungshalle. Beide waren miteinander durch einen überdachten Gang verbunden. Der Tempel war also ein sogenannter Umgangstempel.

Unter dem Tempel entsprang die heilige Quelle. Es gab zwei sechseckige Becken für die Gläubigen. Dort gab es das heilige Wasser. Dorthin begab sich nun der Tross. Alle schlossen sich dem Kaiser an. Am Heiligtum wurde der Kaiser erneut besonders begrüßt. Für ihn war nun das heilige Wasser bestimmt.

Nur wenige Menschen sollten ihn aber dorthin begleiten. Er wählte dafür Sabinus und Zattomare aus. Diese beiden sollten dabei sein und auch das heilige Wasser bekommen. Vor dem Tempel wurden noch kühle Getränke gereicht und der Kaiser erhielt eine Stärkung. Sie reichten ihm Früchte. Die Stücke waren auf Holzspieße angeordnet. Es waren Früchte aus der Region, wie Birnen und Trauben, aber auch Früchte aus dem Süden wie Datteln und Feigen.

Der Kaiser nahm ein paar Stücke zu sich und begab sich dann in den Innenraum des Tempels. Dort gab es nur noch ein gedämpftes Licht.

Im Tempel selbst war eine große Statue von Apollo Grannus zu sehen. Ein bärtiger Gott mit einer Sonne im Hintergrund. Stark und mächtig war er. Das war es ja, was der Kaiser jetzt brauchte. Diese Kraft sollte ja auch ihn stärken.

Sabinus und Zattomare standen direkt hinter dem Kaiser. Der Kaiser verbeugte sich vor dem Gott und hielt die rechte Hand auf sein Herz. Zattomare hatte das Gefühl, als ob ein kurzes Lächeln über das Gesicht von Grannus huschte. Er hatte verstanden. Aber vielleicht war es ja nur das Flackern der Kerzen.

Der Kaiser selbst war jetzt bei ihm. Er erbat Hilfe von ihm. Er war in großen Schwierigkeiten. Grannus musste ihm helfen. Und er würde es tun. Der Kaiser selbst war davon fest überzeugt.

Lange standen sie vor der Statue. Der Kaiser wollte die Kraft des Gottes vollständig aufnehmen. Irgendwann brach er ab und bewegte sich wieder.

Sie gingen danach weiter und kamen dann zu den sechseckigen Becken mit dem heiligen Wasser. Ein Priester stand vor ihnen und schöpfte das Wasser mit einem silbernen Becher und verteilte es den Anwesenden. Sie tranken aus mundgeblasenen Gläsern. Auch Sabinus und Zattomare erhielten jeweils ein Glas mit dem Quellwasser. Es war ein seltsam weiches Wasser. Es sprudelte kaum.

Alle tranken es in kleinen Schlucken. Sie schauten sich gegenseitig an. Sie nickten sich zu und genossen das Wasser.

Der Priester verbeugte sich vor dem Kaiser. Dieser gab ihm das leere Glas wieder zurück und ging langsam zurück zum

Eingang. Auch Sabinus und Zattomare reichten ihre Gläser dem Priester zurück und folgten dann dem Kaiser. Niemand sprach ein Wort. Schließlich standen sie alle wieder am Tempeleingang und schauten sich um.

Über den Verbindungsweg gingen sie dann in die große Halle.

Dort spielten Musiker. Caracalla nahm seitlich Platz. Auch er hörte der Musik zu und alle applaudierten danach. Dann wurde das Essen serviert. Fleisch, Fladenbrot und Früchte. Dazu Wein in einer Karaffe. Alle nahmen einen Schluck. In einem Nebengebäude war das Quartier für den Kaiser eingerichtet worden. Die Begleitung und die Leibgarde schliefen daneben. Es wurde sehr wenig gesprochen. Alle standen noch unter dem Eindruck des Gottes. Später gab der Kaiser das Zeichen zum Aufbruch. Alle nickten sich zu und verschwanden dann über den Seitenausgang.

Dann war Ruhe. Die Nacht konnte beginnen. Zattomare und die Selvaner schliefen ebenfalls im Seitengebäude wie der Kaiser.

Sie hatten heute viel erlebt. Zuerst die Flussfahrt auf dem Kocher und dann die feierliche Zeremonie im Tempel. So etwas hatten sie noch nie gesehen.

Zattomare war beeindruckt, aber er hielt die Unterwerfung unter einen Gott für fragwürdig. Der Gott selbst konnte dem Kaiser nicht helfen, das war seine Meinung. Nur die Gemeinschaft der nichtalltäglichen Welt mit allen Helfern war dazu in der Lage. Mit ihnen musste der Kontakt hergestellt werden. Nur sie waren dazu überhaupt in der Lage. Nur durch sie konnte man Hilfe erwarten.

Apollo Grannus selbst konnte das nicht. Würde der Kaiser das verstehen? Wie sollte er ihm dies verständlich machen? Morgen würde sich vielleicht eine Gelegenheit dazu ergeben. Er musste mit ihm sprechen.

Sie würden ja erst am übernächsten Tag wieder weiterreisen. Bis dahin blieb noch Zeit. Er war jetzt müde und musste schlafen. Der Krieg im Barbarenland war doch ziemlich anstrengend gewesen. Sie lebten doch auch in ständiger Gefahr und waren mit dem Kaiser emotional verbunden. Aber alles war gut gegangen. Sie selbst wurden nicht verletzt.

Danach traten sie mit dem Kaiser die Heimreise an. Diese war eher beschaulich gewesen. Das Ziel war das Heiligtum in Civitas Aurelia Granni gewesen. Er musste jetzt schlafen. Er war einfach jetzt viel zu müde. Er schlief tatsächlich auch bald ein.

Am nächsten Morgen fühlte er sich wirklich ausgeruht. Er stand auf und trat ans Fenster. Es ließ sich öffnen, und er konnte hinausschauen. Über den Wiesen am Abhang hatte sich Nebel ausgebreitet. Unten im Tal sah er den Fluss. Er lag still vor ihm.

Jetzt fiel ihm auch sein Traum wieder ein. Er hatte von Apollo Grannus geträumt. Er hatte mit ihm gesprochen. Apollo Grannus war ein weiser Mann, daran hatte er keinerlei Zweifel. Er war ein Mann der Kelten. Sie hatten ihn als erstes verehrt und zu dem gemacht, was die Römer dann von ihm übernommen hatten.

Die Römer hatten in ihm Apollon erkannt. Auch er war der Gott der Heilung, nämlich Apollon Epikurios. Aber er brachte auch Krankheit, Tod und Vernichtung. Er war der Sohn von Zeus und der Göttin Leto. Das Heiligtum in Delphi, die bedeutendste Orakelstätte der Antike, war ihm geweiht. Bei den Kelten war Grannus auch der Gott der Quellen, der Heilbäder, aber auch der Sonne gewesen. Das bedeutendste Heiligtum der Kelten war damals Aachen gewesen. Die Römer nannten es Aquae Granni.

Als die Kelten dann nach Süden zogen, nahmen sie ihren Gott mit und dadurch lernten ihn ja auch die Römer kennen. Leider haben uns die Kelten nichts Schriftliches überliefert. Erst die Römer taten es. Sie fertigten Inschriften, Weihesteine und die Darstellungen seiner Person an. Dies zeigte seine Beliebtheit und seine Verbreitung im römischen Reich. Sie fanden sich an vielen Orten.

Einer der größten Tempel steht ja in Phoebiana. Wahrscheinlich würden sie nochmals mit dem Kaiser dort vorbeikommen. Hatte nicht Caracalla letztes Jahr diesen Tempel vergrößern lassen? Alles deutete darauf hin. Es ging ihm ja dort auch etwas besser nach seinem Bad im Tempel. Er war viel ausgeglichener gewesen. Sicherlich wollte er diese Behandlung nochmals durchführen, bevor er nach Nicomedia weiterreiste.

Zattomare stand versonnen am Fenster. Vielleicht sollte er nach draußen gehen und die frische Luft einatmen. Er schloss das Fenster wieder und ging dann durch die Türe nach draußen. Die Luft war tatsächlich kühl. Er nahm den Verbindungsweg zum Tempel. Der Tempel selbst war allerdings zu dieser Zeit verschlossen. Um den Tempel herum war ja ein überdachter Gang. Dort ging er entlang und blickte in die Landschaft hinaus.

Es war ein herbstlicher Tag. Kühl am Morgen und dann kam wahrscheinlich später die Sonne heraus und es wurde angenehm warm. Er ging einmal um das Gebäude herum. Alles war still. Niemand zeigte sich. Er war alleine.

Zuhause in den Bergen gab es so etwas nicht. Es gab dort keine Heiligtümer. Der Schamane begleitete die heiligen Prozesse selbst. Er war derjenige, der die spirituellen Dinge hervorbrachte. Das war seine Aufgabe. So würde es auch weiter sein, wer auch immer sein Nachfolger werden würde.

Einer der Söhne Sagomares könnte es werden. Das bot sich einfach an. Diese jungen Leute waren einfach am besten dazu geeignet. Aber sie wollten ja nicht, das hatte er ja schon erkannt. Aber, wie war es denn bei ihm gewesen? Er war zuversichtlich, dass irgendwie doch noch eine Lösung gefunden wurde.

Jetzt war er ein zweites Mal um den Tempel herum gegangen. Er blickte wieder auf den Fluss mit dem seltsamen keltischen Namen Kocher.

Dieses Volk war nicht mehr da. Sie waren weitergezogen und lebten jetzt weit unten im Süden. Einst waren sie aus dem Osten hier her gekommen, aber sie hatten überhaupt keine schriftlichen Zeugnisse hinterlassen. Das war schon seltsam. Warum taten sie das eigentlich nicht?

Gedankenversunken ging er weiter. Als er um die nächste Ecke trat, stand plötzlich Sabinus vor ihm. Sie grüßten sich.

Er hatte ja das Treffen mit dem Kaiser vorbereitet. Sie hatten sich sofort gut verstanden. Sabinus schien zufrieden zu sein. Der Feldzug war erfolgreich verlaufen. Dem Kaiser ging es besser, auch wenn er noch nicht ganz wiederhergestellt war. Er hatte ihn befördert und ihn zum Statthalter in Raetien gemacht. Das Gebiet war groß und ging vom Limes bis zur Alpensüdseite. Die Verwaltung war in Augsburg, dorthin würde er von Mainz umziehen müssen. Aber dort ließ es sich bestimmt auch gut leben. Er schien entspannt zu sein.

Sie gingen gemeinsam weiter. Heute würde der Kaiser nochmals in den Tempel des Grannus gehen. Danach würde er erneut das Gespräch mit Zattomare suchen, bevor dann morgen die Weiterreise bevorstand. Sie würden nach der Bootsfahrt auf dem Neckar weiter über Land reiten und dann wieder am Limestor ankommen.

Sabinus blieb stehen und sie schauten wieder hinunter ins Flusstal. Dort hatten sich Soldaten aufgestellt, um die Straße zum Tempel zu bewachen. Der Kaiser war hier sicher. Davon konnten man ausgehen.

15. Religion

Sie waren jetzt in dieser neu gegründeten Stadt im Vorfeld des Limes. Ein Verwaltungssitz für die Beziehungen zum Barbarenland. Und gleichzeitig ein Wallfahrtsort für Apollo Grannus. Ein Grenzposten des römischen Reiches. Errichtet auf einer terrassierten Anhöhe am Fluss Kocher mit Blick in das Barbarenland hinein.

Und der Kaiser höchstpersönlich war hier.

Er kam mit einem Boot auf dem Fluss hierher. Die Barbaren waren besiegt. Jetzt würde es Ruhe geben. Die Römer waren einfach viel stärker als die Barbaren. Sie hatten die Macht. Es bestand kein Grund zur Unruhe. Der Friede würde lange halten.

Caracalla würde dann weiterziehen. Er musste sich um andere Brennpunkte in seinem Reich kümmern. Hier am Limes war erstmals Ruhe. Das Leben ging weiter. Er würde die Donau entlang fahren und Sabinus würde hier alles Weitere regeln.

Zattomare ging wieder in Richtung zu seinem Zimmer. Dort standen Luguvale und Cintugene vor seiner Türe.

„Wir haben Dich gesucht, Zattomare. Wo warst Du?"

„Ich bin spazieren gegangen und habe etwas frische Luft geatmet. Das tat mir gut. Wo wart ihr?"

„Wir haben es genauso getan wie du und sind gelaufen."

„Wie wäre es mit Frühstück?" „Gute Idee!" sagten beide fast zeitgleich.

Jetzt kam ein Bediensteter um die Ecke, den konnte man fragen, wo es Frühstück gab.

„Geht die Treppe hinunter, dann seht ihr schon den Frühstücksraum." Alle bedankten sich höflich.

Nach dem Frühstück wurde Zattomare zum Kaiser gebeten. Der Kaiser wünschte sich ein Gespräch mit ihm.

Als er eintrat, führte ein Diener ihn an den Tisch. Caracalla trank Tee, und er bot ihm auch eine Tasse an.

Der Kaiser war in Gedanken. Das Heiligtum des Apollo Grannus hatte ihn nachdenklich gemacht. Er sinnierte und schloss immer wieder die Augen. Plagten ihn wieder die Stimmen? Zattomare trank still seinen Tee. Dann sprach der Kaiser:

„Zattomare, wie geht es dir?"

„Ich bin sehr zufrieden, Danke! Ich habe viel erlebt in den letzten Wochen. Die Welt sieht heute für mich anders aus als damals, als wir hierher aufbrachen."

Zattomare nickte dabei und schaute den Kaiser etwas verblüfft an. Warum stellte er ihm diese Frage? Seine Augen waren leicht gerötet. Er hatte wohl wenig geschlafen. Er spürte auch seine innere Unruhe, das hatte er gleich erkannte als er kam. Aber warum? Er konnte doch zufrieden sein. Der Feldzug war doch ein Erfolg gewesen.

Nein, es hing mit persönlichen Dingen zusammen. Das alles hatte nichts mit der kriegerischen Auseinandersetzung und den Barbaren zu tun. Das war ihm dann schnell klar geworden. Der Kaiser hatte sein persönliches Problem. Darüber würde er bestimmt jetzt sprechen. Dazu hatte er ja Zattomare eingeladen.

Zattomare hatte es nicht eilig, er konnte warten, bis der Kaiser zu sprechen beginnen würde. Der Kaiser hatte diese Zeit nicht, das war ihm auch klar.

Zattomare lehnte sich zurück und trank weiter an seinen Tee. Der Kaiser begann jetzt doch wieder zu sprechen:

„Apollo Grannus ist ein großartiger Gott, denn er verfügt über die Kunst des Heilens. Es war mir so wichtig, hier her zu kommen. Seine Kräfte sind unermesslich. Er ist sehr nützlich für mich."

Dann sprach er nicht mehr weiter. Er erwartete wohl eine Antwort von Zattomare. Er sollte sicher seine Worte bestätigen.

Zattomare schwieg zunächst, richtete sich dann aber auf und sagte:

„Wir Schamanen haben ja keine Götter. Wir erkennen aber natürlich wie alle anderen Menschen auch das Unfassbare, das nicht Beschreibbare dieser Welt, aber wir nennen es nicht Gott. Das haben wir nie gemacht. Wir kommen in unserer Welt ohne Götter klar. Wir wenden uns stattdessen an die unsichtbaren Mächte und Geister und bitten diese um ihre Hilfe. Wir wenden uns aber nicht an einen bestimmten Gott. Wir machen uns auch kein Bild von diesem Gott. Es existiert also bei uns auch keine Statue aus Holz oder aus Metall von einem Gott."

Es dauerte eine Weile, bis der Kaiser antwortete.

„Ja, ich habe davon gehört, und es gibt ja auch andere Religionen, die Bildnisse ihres Gottes ablehnen. Sie schmücken die Räume, in denen dieser Gott verehrt wird, mit Ornamenten aus, aber der Gott selbst ist darin nicht zu sehen."

Beide schwiegen nun einen Augenblick. Dann sprach Zattomare weiter:

„Die Darstellung des Gottes hat ja den Grund, das für uns Menschen Unfassbare und Unerklärbare irgendwie erkennbar zu machen. Dabei geben wir alles hinzu, was es an Schönheit auf

145

dieser Welt gibt. Wir schmücken es aus. Und auch die wichtigste Eigenschaft geben wir hinzu, nämlich die Liebe. Das ist für uns Menschen das Wichtigste und Schönste."

Der Kaiser schien jetzt doch etwas verwirrt zu sein. Mit dieser Aussage hatte er wohl nicht gerechnet. Er antwortete dann:

„Apollo Grannus ist für Leib und Seele verantwortlich. Er vollbringt ständig Wunder. Sein Werk ist sehr wichtig für unsere Gesellschaft. Diese Heilkraft war bei anderen Göttern nur sehr schwach vertreten. Nicht bei Apollo Grannus. Er ist unser wichtigster Heiler. Nicht immer gelingt ihm die Heilung, so wie wir es uns wünschen, das ist klar. Wer sich vertrauensvoll auf den Heilungsprozess einlässt, macht immer einen wesentlichen Schritt nach vorne. Dieser Schritt kann ja auch darin bestehen, mit sich, seinem Körper und seiner Krankheit liebevoller umzugehen. Aber es gibt natürlich keine Garantie, dass alle Symptome verschwinden werden."

Jetzt hatte Caracalla offen seine Meinung zu Apollo Grannus vertreten. Er sprach weiter:

„Der Weg des Heilens ist nicht nur erquicklich. Einerseits ist man vor Glück und Rührung überwältigt, aber man erlebt auch Stunden der Verzweiflung. Ich weiß, worüber ich spreche. Apollo Grannus heilt mit seiner göttlichen Energie. Er lebte in der Einsamkeit und fastete. Viele Menschen vertrauten sich ihm bisher an."

Zattomare hatte geschwiegen, dann begann er aber auch wieder zu sprechen.

„Verschiedene Religionen und Glaubensrichtungen funktionieren auf ähnliche Weise, auch wenn sie unterschiedliche Auffassungen haben. Es scheint, dass der Mensch bei der Meditation ganz ähnliche Erfahrungen macht. Über alle Länder hinweg. Alle Religionen sind auf viel älteren schamanischen Traditionen aufgebaut. Immer, wenn Stammeskulturen mit etablierten Religionen in Kontakt kamen, haben sie sich gegenseitig beeinflusst. Dabei haben allerdings die Religionen dann einen immer stärkeren gesellschaftlichen Druck ausgeübt."

Er machte eine Pause.

„Auch die religiösen Handlungen stammen häufig aus dem Schamanismus. Es werden oft Gewürze oder Düfte verwendet, Kerzen oder ein bestimmtes Gewand sind ebenfalls schamanischen Ursprungs. Die Kultstätten befinden sich auf ehemaligen schamanisch ausgewählten Plätzen mit besonderer Energie. Dort werden die bösen Geister abgehalten. Religionen übernehmen oft auch kultische schamanische Festtage, die bereits dem Volk schon vertraut sind. Alte Götter werden übernommen. Grannus wird Apollo gleichgestellt und seinem Namen hinzugefügt. Auch die Jahreszeiten spielen eine Rolle. Bedeutsam ist der Wechsel. Hier öffnen sich die Grenzen zwischen den Welten. Schamanische Rituale kommen hinzu. Der Übergang zum Erwachsenwerden wird ganz besonders gefeiert. Dieses Ritual hat aber inzwischen stark an Bedeutung verloren. Viele erinnern sich nur noch an die Geschenke, die sie damals bekommen haben, aber nicht mehr an das Ritual selbst. Es wird mehr darüber geredet, als dass selbst Erfahrungen gesammelt werden."

Er machte eine Pause.

„Menschen bedanken sich für das unbeschadete Heimkehren nach einer Reise. Sie bedanken sich für das Essen. Wir Schamanen bedanken uns bei den Tieren, die ihr Leben gelassen haben, um uns Menschen zu sättigen."

„Aber es geht in allen Religionen eigentlich darum, das Unfassbare diese Welt durch Sprache, Symbolik und Riten für die Sinne wahrnehmbar zu machen. Auch das Haus, in dem die religiösen Handlungen stattfinden, ist eine Stätte des Unfassbaren. Es ist ein ganz besonders starkes Symbol."

Er schwieg und Caracalla hatte aufmerksam zugehört, aber nichts mehr dazu gesagt. Es klopfte und ein Diener brachte eine Schale mit frischen Früchten und verließ dann leise wieder den Raum.

Zattomare sprach weiter:

„Viele religiöse Handlungen haben einen schamanischen Ursprung. Ein ursprünglich neutraler Gegenstand wie Brot oder auch Wein wird geweiht, also mit dem göttlichen Segen ausgestattet. Er wird dadurch mit Energie aufgeladen und kann dann seine volle Wirksamkeit entfalten. Auch das gemeinsame Essen eines geweihten Nahrungsmittels ist schamanischen Ursprungs. Es ist eine besondere Form der Energieaufnahme und fördert die geistige Verbundenheit der Teilnehmer."

Beide schwiegen wieder. Jeder dachte darüber nach.

Caracalla hatte nur wenig gesprochen. Ihn plagten seine Ängste. Er hatte zwar den Feind besiegt. Aber nach einer kurzen Phase des Triumpfes kamen dann die Dämonen doch wieder zurück. Die Verfolgungen und Eingebungen kamen immer wieder. Eine Unruhe hatte ihn erfasst. Er sah wieder die Bilder von seinem Bruder Geta. Er hatte ihm zuvor kommen müssen, sonst gebe es ihn selbst ja nicht mehr. Er oder ich, hatte er damals gesagt. Für seine Mutter war das schlimm gewesen. Er hatte gesiegt. Es war wie im Krieg.

Aber er hatte sie schließlich doch überzeugen können. Zuerst nicht, aber dann hatte sie sich doch gefügt. Sie konnte ihm aber auch nicht weiterhelfen. Sie wusste von seinen Dämonen. Sie wusste aber auch keinen Rat. Ihr Anblick verschlimmerte seine Gefühle noch weiter. Die Raserei nahm zu. Sie selbst verstärkte sein schlechtes Befinden. Aber sie war seine Mutter. Er konnte sie nicht einfach entfernen lassen. Das Volk hätte das nicht zugelassen. Das wäre dann sicherlich auch sein Ende gewesen. Gewaltsam würde man dann auch ihn entfernen. Somit war es keine Lösung des Problems. Er musste an sich arbeiten.

Deshalb hatte er ja auch den Schamanen mitgenommen. Die Gespräche mit ihm sollten helfen. Gemeinsam mit Apollo Grannus. Jetzt waren sie hier. Er nahm sich jetzt die Zeit. Er brauchte eine Pause. Schlimm war auch, dass er niemandem vertrauen konnte. Alle waren gefährlich. Alle hatten etwas gegen ihn.

So wie er ihnen misstraute, so misstrauten sie ihm. Da kam er nicht heraus. Das war ein Kreislauf. Das musste ihm der Schamane erklären. Er würde ihn fragen. Er hatte sicherlich eine Antwort dafür.

„Wie gehst du mit deinen Ängsten um? Gibt es dafür Hilfsmittel?" fragte er Zattomare.

Caracalla antwortet nicht.

Zattomare schaute ihn an. Er wusste von der Vergangenheit Caracallas. Er ahnte den Grund seiner Ängste.

Zattomare sprach weiter.

„Die größte Angst des Schamanen ist nicht, dass wir versagen könnten, nein, unsere größte Angst ist, dass wir grenzenlos mächtig werden. Es ist unser Licht, nicht unsere Dunkelheit, die uns Angst macht."

Jetzt war Caracalla überrascht.

„Wer bin ich, um so großartig zu sein. Und warum sind es andere nicht. Das ist ein wesentlicher Kern des Schamanismus. Warum tun es die anderen nicht genauso? Alles liegt doch so klar vor uns ausgebreitet. Warum kann ich es und die anderen nicht? Es klingt natürlich sehr arrogant."

Er sprach weiter.

„Wenn wir uns von unserer Angst befreit haben, dann befreit unsere Anwesenheit automatisch auch andere. Natürlich überkommt uns von Zeit zu Zeit wieder das Gefühl, nichts zu können oder wie ein Anfänger zu handeln. Den Überblick zu verlieren und sich an Banalitäten aufzuhalten. Aber im Laufe unseres Lebens bekommen wir immer mehr Sicherheit. Wir werden ja unsichtbar geführt. Gleichzeitig werden wir mit Werkzeugen ausgestattet, die uns ungeahnte Fähigkeiten verleihen."

Caracalla lächelte und lehnte sich zurück. Er schien jetzt entspannter zu sein. Vorsichtig öffnete sich die Türe und Sabinus trat ein. Er grüßte den Kaiser und nickte zu Zattomare. Caracalla stand auf, verabschiedete sich von Zattomare und verließ dann mit Sabinus den Raum.

16. Neuenstadt am Kocher (Civitas Aurelia Granni)

Sie blieben nochmals eine Nacht in dieser neu gegründeten Stadt am Fluss Kocher im Vorfeld des Limes.

Am Abend waren sie nochmals im Tempel. Wieder standen sie vor der großen Statue des Apollo Grannus. Das bärtige Gesicht sah jetzt eher gutmütig aus. Es fehlte die Strenge. Alle verneigten sich tief. Diesmal erschien kein Lächeln im Gesicht des Gottes. Mehrere Priester kamen hinzu und beteten laut. Sie priesen die Macht des Gottes und versprachen Gesundheit, wenn sich der Mensch dem Gott unterwerfe. Dies tat Caracalla. Er kniete nieder und bat um die Hilfe von Apollo Grannus. So schlecht ging es ihm inzwischen. Apollo Grannus musste ihm jetzt endlich helfen. Lange blieben alle vor der großen Statue des Gottes stehen. Sie fühlten mit dem Kaiser. Die positive Energie des Gottes möge auf ihn überspringen. Nur Zattomare war skeptisch. Er allein glaubte nicht daran, dass der Gott etwas bewirken könnte. Aber das hatte er ja bereits dem Kaiser heute erklärt. Aber wahrscheinlich hatte er es doch nicht verstanden. Oder er war zu verzweifelt. Er konnte sich nicht auf den Schamanen einlassen.

Da standen sie nun um den Kaiser herum und hofften auf die Hilfe des Gottes. Die Zeit zerrann. Irgendwann erhob sich der Kaiser wieder und verbeugte sich nochmals vor dem Gott. Alle waren ergriffen. Hatte Apollo Grannus Caracalla erhört? Würde er ihm helfen? Keiner wusste es, aber alle hofften es.

Dann geleiteten die Priester alle wieder zu den Wasserbecken. Das Wasser wurde erneut gereicht. Sie tranken es langsam und die Priester lächelten freundlich. Alle nickten sich zu und lobten die Wasserqualität. Wieder sprachen die Priester und erbaten Gesundheit für alle Anwesenden. Dann verbeugten sie sich wieder und geleiteten alle langsam wieder zurück zum Ausgang.

Dort standen jetzt junge Mädchen und sangen Lieder. Sie schwenkten Blumen umher und reichten sie allen zum Abschied. Alle lächelten sich an. Die Stimmung war gelöst. Es bestand eine Verbundenheit aller Anwesenden. Wie eine große Familie kamen sie sich vor. Und gleichzeitig war eine neue „Aufbruchsstimmung" spürbar. Alle fühlten sich gestärkt. Die Zukunft war ohne Schrecken. Alles war machbar.

Sie blickten sich um. Es war jetzt ringsum tiefe Nacht und nur in der Ferne waren Lichter zu sehen.

Das Abendessen stand jetzt bevor. Alle gingen den Verbindungsgang zur großen Halle entlang und wurden zum Eintreten aufgefordert. Sie war überwältigend groß. Auch die Höhe beeindruckte alle. Die Ausschmückung war dann doch eher wieder zurückhaltend.

Auf der Längsseite standen Türen offen. Sie führten in kleinere Räume dahinter. Dort war das Abendessen aufgebaut und alle gingen hinein. Es gab wieder einen prächtigen Fasan, der in der Mitte des Tisches platziert war. Alle wurden auf die Plätze verteilt und sofort wurden die vor ihnen stehenden Gläser mit farbigen Flüssigkeiten gefüllt.

Es wurden Trinksprüche gehalten. Zuerst Sabinus, dann der Kaiser selbst. Er wirkte gelassen. Der Feldzug war ein voller Erfolg gewesen, der Feind für Jahre geschwächt. Ausführlich berichtete er über die militärischen Operationen im Barbarenland. Alles war zu seiner vollsten Zufriedenheit verlaufen. Er dankte besonders Sabinus für die gelungenen Aktionen. Den germanischen Reiterangriff hatte er ihm inzwischen voll verziehen. Er dankte auch für die Gastfreundschaft in Civitas Aurelia

Granni. Er pries den Gott und seine Herrlichkeit. Besonders aber seine Fähigkeiten zur Wiedererlangung der Gesundheit.

Dann kam eine Würdigung auf die Selvaner. Er betonte ihren Mut, aber auch ihre geistigen Fähigkeiten. Er dankt Zattomare für die Gespräche, die von Offenheit und Freundschaft geprägt waren. Und vielleicht bot sich auf der Weiterreise nochmals die Gelegenheit zu einer weiteren Aussprache an.

Alle nickten Zattomare zu und deshalb stand auch er auf, schob seinen Stuhl wieder nach vorne und trat hinter die Lehne, an der er sich festhielt.

„O Kaiser aller Römer! Meine Begleiter und ich danken dir für die Gunst deiner Gesellschaft. Sehr gerne kamen wir deinem Wunsche nach, dich zu begleiten. Wir haben große Taten gesehen und dein Ruhm wird nie vergehen. Auch viele Generationen später wirst du dann noch gerühmt werden. Deine Zeugnisse werden für immer erhalten bleiben. Die Götter werden dich niemals verstoßen. Deine Fürsorge für das Volk ist überwältigend. Niemals in der Geschichte gab es einen Herrscher, der sich so stark für sein Volk eingesetzt hat. Finanziell und rechtlich. Alle Menschen in diesem Land sind jetzt römische Bürger. Wir haben jetzt ein vereintes Europa. Wir hoffen, dass es lange Bestand haben möge!"

Zattomare hatte nichts gesagt über seine Versuche dem Kaiser gesundheitlich zu helfen. Insbesondere hatte er ja bisher überhaupt keine schamanischen Handlungen am Kaiser durchgeführt. Eigentlich hatte sich der Kaiser noch gar nicht von ihm behandeln lassen. Er hatte nur die schamanische Theorie vorgestellt. Aber der Kaiser hatte sich bisher noch nicht darauf eingelassen.

Der Kaiser erhob sein Glas und alle Anwesenden taten es ihm nach. Er danke nochmals den Selvanern und besonders Zattomare und gelobte ewige Freundschaft. Alle waren gerührt über diese Worte. Alle spürten den Frieden und die Ruhe. Niemand konnte sich erinnern, Caracalla jemals in einem solch entspannten Zustand gesehen zu haben. Immer war er so angespannt und ständig in Bewegung. Heute saß er im kleinen Kreise und genoss den Abend. Dieser getriebene Mann konnte sich fallen lassen und sich aus der Politik ausklinken. Jedem fie das auf. Alle blickten zu Zattomare, der freundlich allen zunickte und sein Glas wieder abstellte.

Ja seine geistigen Helfer hatten gute Arbeit geleistet. Er konnte sich immer auf sie verlassen. Seine Weisen, wie er sie nannte, waren auch hier und unterstützten ihn. Mit Caracalla war das sicherlich nicht einfach gewesen. Dieser Mann war schwierig und eigentlich unberechenbar. Es gab niemanden, der ihn aufhalten konnte. Nur im Kampf und dafür brauchte man einige Leute. Oder Tricks. Aber darüber wollte er jetzt nicht nachdenken.

Heute waren alle fröhlich und so sollte es auch bleiben. Zattomare lächelte vergnügt vor sich hin. Rechts von ihm saß der oberste Priester des Heiligtums und links von ihm der Bürgermeister von Civitas Aurelia Granni. Langsam nahm auch ihre Anspannung ab und Zattomare kam mit beiden gut ins Gespräch. Sicherlich half auch der vorzügliche Rotwein dabei. Verschiedene Gänge wurden gereicht. Immer lag etwas auf dem Teller oder das Glas wurde rasch wieder aufgefüllt. Die Diener waren alle sehr aufmerksam. Im Hintergrund wurde Flöte und Harfe gespielt. Zattomare empfand den Abend als sehr kurzweilig.

Beide Gesprächspartner wollten wissen, aus welchem Teil des Reiches er stamme. Er berichtete ausführlich über seine Heimat und die Alpen. Die langen Winter und die kurzen Sommer. Über seine Arbeit als Schamane wurde er allerdings nicht befragt. Das ging auch über einen Small Talk bei Tisch hinaus.

Irgendwann erhoben sich dann doch alle, verabschiedeten sich und verließen den Raum, um sich zur Ruhe zu legen. Die Nacht sollte kurz werden, denn der Aufbruch war für sehr früh am Morgen angesetzt worden.

Die Verabschiedung war herzlich ausgefallen. Es war vorgesehen, am nächsten Tag wieder den Kahn zu nehmen, der noch an der Anlegestelle lag, um weiter flussabwärts zu fahren. Die begleitenden Heeresteile sollten dann an der Mündung des Kochers in den Neckar wieder dazu stoßen.

Zattomare erwachte am nächsten Morgen schon früh. Er war froh, dass die Reise nun weiterging. Von Apollo Grannus erwartete er nicht viel.

Dann wurde das Zeichen zum Aufbruch gegeben. Alle begaben sich hinab zum Fluss. An der Anlegestelle spielte Musik. Die Leibgarde und Teile des Heeres standen Spalier, durch das der Kaiser mit seinen Begleitern schritt.

Erneut bestieg der Kaiser das Boot. Langsam löste es sich vom Ufer. Die Segel wurden gesetzt, die Flussmitte angesteuert und die Geschwindigkeit nahm dann auch zu. Ein Begleitboot folgte in einigem Abstand nach. Sabinus saß wieder vorne neben dem Kaiser und unterhielt sich lebhaft mit ihm, die Selvaner waren im hinteren Teil des Bootes untergebracht. Bald wurde der Neckar erreicht und das Boot versuchte nun gegen die Strömung anzukommen. Jetzt waren die Segel sehr hilfreich, denn der Westwind half mit bei der Fahrt flussaufwärts. Das Ziel war die Furt, die heute Cannstatt genannt wird. Es war eine Kreuzungsstelle an der Straße von Mainz nach Augsburg. Diese Straße führte dann weiter am rechten Ufer des Neckars entlang.

Auf einer Anhöhe rechts oben stand auch ein Kastell, das ebenfalls eine Reitereinheit beherbergt hatte, aber nach der

Vorverlegung des Limes gab es jetzt nur noch wenige Reiter. Es waren jedenfalls viel weniger als in Aalen.

Dann war vorgesehen, dass sie in nordöstlicher Richtung abbiegen würden, allerdings dann auf dem Landweg, denn der Wasserstand der Rems, wieder ein keltischer Flussname, war für den Bootsbetrieb zu niedrig. Sie wählten deshalb diese Richtung, weil der Kaiser auf dem Weg zur Donau nochmals am Limestor und in Phoebiana vorbeikommen wollte.

Sie kamen an diesem Nachmittag gut voran und erreichten am späten Abend wieder das Limestor.

17. Die Panzerstatue

Vor Wochen waren sie von hier aufgebrochen. Ein Teil des Limes war für das Heer und die Reiterei geöffnet, dann aber nach wenigen Tagen wieder verschlossen worden. Jetzt waren sie wieder da.

Der Feldzug war erfolgreich verlaufen. Der Kaiser war sehr zufrieden und in bester Stimmung. Sie hatten Apollo Grannus gedankt und Gesundheit für den Kaiser erbeten. Bis jetzt war der Gott ja gnädig gewesen und hatte dem Kaiser viele seiner Wünsche erfüllt. Sie waren zurückgekommen, um der Aktion einen Abschluss zu verleihen und Neues zu beginnen.

Dankbarkeit war der wichtigste Beweggrund wieder hierher zu kommen, wo alles begann. Auch das Limestor stand in seiner ganzen Pracht vor ihnen. Sabinus hatte es sich ausgedacht und den Bau veranlasst. Er wurde wirklich sehr schön. Man konnte sich nicht mehr davon abwenden, wenn man davorstand. In dieser kargen Region des römischen Reiches an der Grenze zu den Barbaren stand dieses geschmückte Tor. Dahinter gab es all das, was der Zivilisation wichtig war, nicht mehr. Es gab Wälder und Flüsse, Felder und einfache Holzhäuser, aber keinen Glanz. Es gab Krieger, die mit Lanzen und Schilder auf Pferden ritten und Soldaten zu Fuß. Sie sprachen eine andere Sprache, die man nicht so leicht verstand. Auch sie hatten Götter, die sie um Hilfe baten.

Aber eigentlich waren sie Jahrzehnte oder gar Jahrhunderte zurück. Sie hatten keine wirkliche Kultur. Aber sie wollten ins Reich. Das war ihr Ziel. Doch sie konnten eigentlich mit den Errungenschaften des Römischen Reiches zunächst nichts anfangen. Hatten sie den Grenzwall einmal überwunden und wurden sie nicht sofort durch die rasche Eingreiftruppe aufgehalten, fingen sie an, alles zu zerstören. Nichts blieb heil. Man beschäftigte sich nicht mit den fremden Dingen. Man zerstörte sie einfach. Wie wenn ein böser Geist von ihnen ausginge. Aber so konnten sie nie zu einem besseren Leben kommen. Das Barbarenland wurde durch sie einfach auf Kosten des Römischen Reiches vergrößert.

„Zerstöre es, bevor es dich zerstört!" das war die Devise. Und so ist alles niedergemacht worden.

Immer wieder haben wir Glück und durch besondere Umstände konnte etwas davon erhalten werden, aber sonst wurde alles erstmal zerstört. Das ist das Kennzeichen des Barbaren. Er kann mit dem Neuen nichts anfangen. Es birgt weniger Gefahr in sich, wenn es sofort zerstört wurde.

Das kennen wir schon aus unserer Kindheit. Hier ist ein Beispiel dafür:

Kinder spielen am Strand und bauen Sandburgen. Den ganzen Tag arbeiten sie immer wieder daran. Die Sonne scheint kräftig. Also gehen sie auch mal ins Wasser, um sich abzukühlen. Dann arbeiten sie weiter daran. Die Strandburg soll noch schöner und größer werden.

Immer wieder kommen aber Leute vorbei und zerstören irgendetwas an der Strandburg.

Warum eigentlich? Wie kann das sein? Warum machen die Leute das?

Wir wissen es nicht. Es scheint aber etwas im Menschen zu geben, das ihn dazu treibt, das von anderen Menschen Erschaffene wieder zu zerstören. Man kennt es nicht, man weiß nicht, was es bedeutet, und eine innere Kraft möchte es deshalb zerstören. Man möchte sich nicht damit beschäftigen, denn es ist nichts wert. Es bedeutet nichts. Weg damit!

Das geschieht natürlich auch so bei den Barbaren. Niemand hat eine Erklärung dafür. Es sind sehr alte Strukturen. Sie stammen wohl noch aus der Steinzeit. Keiner soll die Überhand gewinnen. Keiner soll einen Vorteil haben. Wenn alle gleich sind, kann keiner den anderen übertrumpfen. Alle haben die gleiche Chance, das Wild zu fangen und Fleisch für den Winter zu lagern. Niemand ist somit schlechter gestellt. Keiner muss sich unterwerfen. Alle haben den gleichen Ausgangspunkt. So soll es sein. Über Jahrhunderte und Jahrtausende. Das Gleichgewicht bleibt so erhalten.

Lange ging das auch gut. Aber irgendwann hatte sich dann doch einer bestimmte Vorteile verschafft. Er wurde dadurch immer mächtiger und andere wurden dadurch von ihm abhängig.

Der eine hatte plötzlich nichts mehr zu essen, der andere schon. Sie baten um Hilfe und mussten aber dafür bezahlen. Das hatte Folgen. Somit entstand das Ungleichgewicht. Das war der Beginn der sozialen Unterschiede.

Die Kultur der Römer war hoch. Sie hatten eine Schrift. Wichtige Dinge wurden einfach aufgeschrieben und der Nachwelt dadurch überliefert. Deshalb wissen wir vieles über sie. Es hat sich Vieles bis heute erhalten. Von den Germanen und den Kelten hat sich nichts Schriftliches erhalten. Wie haben sie gedacht? Warum haben sie so gehandelt? Wir wissen es nicht. Es wurde nichts für die Nachkommen aufgezeichnet.

Dies alles kam Zattomare in den Sinn, als er vor dem Limestor stand. Die Sonne schien prächtig. Ein herrlicher Tag im Herbst.

Auch das Limestor glänzte immer noch in der Sonne. Sein Blick ging nach rechts und er blickte auf die große Statue. Sie stand auf einem Steinsockel, der etwa die Größe eines Menschen hatte. Die Statue selbst war aber deutlich größer als ein

Mensch. Er schätzte eine Höhe von etwa drei Meter. Dort stand der Kaiser selbst. Es war eine Panzerstatue. Aus Bronze gegossen. Der Kaiser selbst. Die rechte Hand erhoben, hielt er einen Gegenstand, der aus der Ferne nicht erkennbar war. War es ein Schwert?

Zattomare ging näher heran.

Ja, das war es. Was für einen Gegenstand gab man einem Kaiser in die rechte Hand? Vielleicht doch ein Adlerkopfschwert. So etwas hatte Zattomare schon gesehen. Ein Prunkschwert mit einem Adlerkopf am Ende des Griffs. Das war es also.

Später sind nur noch Fragmente der Bronzestatue übriggeblieben. Ein paar Kilo Bronze nur, verteilt in der Erde.

Das meiste lag dort, wo einst die Statue stand, nämlich rechts von der Prunkfassade. An der Süd-Ost-Ecke des Prunk-Tores also.

Der Kaiser war ganz aus Bronze nachgebildet. Er trug einen Brustpanzer. Zattomare trat näher heran. Er wollte mehr sehen. Dann sah er es. Der Kaiser trug das Medusenhaupt auf der Mitte seiner Brust. Darunter waren geflügelte Löwen. Das waren sicher magische Zeichen, die Unheil abwehren sollten.

Hatte das mit einem versteckten Schamanismus zu tun?

Diese Darstellungen waren jedenfalls damals recht häufig. Sie stammten noch von den Griechen. Die Griechen hatten oft auch ein Ziegenfell benutzt, das sie Aegis nannten. Nach der Legende hatte der Gott Hephaistos einen großen Schild aus einem Ziegenfell gefertigt. Dieser war verziert mit Orakelschlangen und dem versteinerten Haupt der Gorgone Medusa. Er ist der Brustpanzer des Zeus, des höchsten griechischen Gottes also.

Die Aegis war das Symbol der göttlichen Macht. Da sie untrennbar zur Herrschaft gehörte, übertrug Homer die Aegis in seinen Dichtungen auf Zeus, der fortan mit ihrer Hilfe über die anderen Götter herrschte. Der Schild konnte nicht einmal von Zeus' Blitzen zerstört werden. Durch das Medusenhaupt sollte eine lähmende oder versteinernde Wirkung auf den Gegner ausgeübt werden.

Zattomare trat noch näher an das Standbild heran. Der Panzer hatte weitere Verzierungen. Sein Blick fiel auf den unteren Rand des Panzers. Dort waren mit Nieten versehen Bänder zu sehen, die beim Marschieren gegeneinander schlugen und dadurch ein bestimmtes Geräusch verursachten, das den Feind einschüchtern sollte. Sie wurden Pteryges genannt und stammten ebenfalls aus Griechenland.

Zattomare erahnte, dass in der späteren Geschichte sowohl das Limestor als auch die Panzerstatue zerstört werden würden. Menschen würden alles zerstören. Das Sinnbild der Macht sollte dabei letztendlich zerstört werden. Später würde man Hiebmarken an den Metallstücken feststellen können. Wahrscheinlich wurden auch Hammer und Meißel eingesetzt. Immer sind solche Aktionen überhastet. Bei der Demontage der Bruchstücke wurden einzelne Bruchstücke abgesprengt und nicht aufgesammelt. Sie fielen auf den Boden und man ließ sie dort einfach liegen.

Das Standbild wurde niemals in der späteren Zeit planmäßig wieder abgebaut. Immer hatte man damals die Rohstoffe wiederverwendet. Das geschah diesmal allerdings nicht. Es war keine Zeit dafür vorgesehen. Später wurden auch Fragmente jenseits des Limes gefunden. Sie waren zunächst mitgenommen worden und dann für wertlos erachtet und wieder weggeworfen worden.

Die Zerstörer konnten also mit den Fragmenten nichts anfangen und haben sie verstreut, nachdem sie das Limestor zerstört hatten. Es waren natürlich die Barbaren, die den Limes im Jahr 259 überrannt hatten. Sie haben alles zerstört, was sie vorfanden. Sie waren Barbaren. Das Limestor hatte also nur 46 Jahre dort gestanden.

Andere nannten sie Germanen. Zeitweise wurden sie sehr verehrt. Aber es waren Barbaren. Die Kultur bedeutete nur wenigen etwas.

Zattomare träumte vor sich hin. Dann stand plötzlich wieder Sabinus hinter ihm und holte ihn zurück in diese Welt.

"Der Kaiser würde gerne mit dir heute Nachmitttag ein Gespräch führen. Er hat mit Gefangenen gesprochen. Er will sie besser verstehen. Wie sie denken. Wie sie handeln, damit er sich besser auf sie einstellen kann. Er versteht zu wenig, was sie antreibt oder wer sie anführt. Da musst du ihm helfen. Du kennst auch ihre Schamanen und ihre Götter. Da bist du sehr wertvoll für ihn. Er wird es dir danken, du kannst dich darauf verlassen. Komme nachher in den Bau neben dem Tor. Es wird auch eine Kleinigkeit zu essen geben. Hunger ist für diese Gespräche nicht gut, das weiß auch der Kaiser."

Zattomare lächelte vielsagend und nickte ihm zu.

Gerne wollte er nochmals mit dem Kaiser sprechen. Wieder ein Hinweis, dass der Mann unterschätzt wurde. Dabei dachte er voraus und wusste, dass der Friede nicht lange halten würde.

Schon bald musste sicherlich wieder ein Feldzug durchgeführt werden und dann war es gut, die Denkweise dieser Barbaren besser zu kennen.

18. Die Schamanen der Germanen und der Kelten

Zattomare kam in den Raum und verneigte sich vor dem Kaiser. Caracalla zeigte auf einen freien Stuhl in seiner Nähe und Zattomare setzte sich. Ein Diener schenkte ihm Wasser ein und reichte ihm Brot.

Sabinus saß am anderen Ende des Tisches und aß still. Caracalla blickte Zattomare an und begann die Unterhaltung.

„Wir waren sehr erfolgreich im Kampf mit den Barbaren gewesen, aber sie werden wieder erstarken und für uns dann eine erneute Gefahr sein. Wir müssen sie besser kennen lernen und deshalb wende ich mich an dich. Haben die Germanen auch Schamanen?"

Zattomare dachte kurz nach, wie er beginnen sollte und sprach dann:

„Im Mittelpunkt der germanischen Götterwelt steht Odin. Er ist der oberste Gott. Und natürlich ist auch er ein Schamane."

Caracalla sah ihn erstaunt an und Sabinus hörte plötzlich auf zu essen. Eine Pause entstand.

„In der Edda, der alten Überlieferung der Germanen, gibt es eine Stelle, wo über die Qualen seiner Initiation, also seiner Ausbildung und Prüfung zum Schamanen, berichtet wird. Neun Tage und neun Nächte, und die Zahl neun ist eine schamanische Zahl, war er als Verletzter an einen Baum, natürlich an einer Esche, angebunden. Nein, er hing in diesem Baum. Die Esche ist ein mythologischer Baum auf der ein Adler sitzt. Die Esche ist der Weltenbaum der Germanen."

Beide Männer sahen in nun wieder aufmerksam an. Sie waren gespannt, wie es weiter gehen sollte, denn das hörte sich wirklich spannend an.

„Dieser junge Mann konnte erstaunlicherweise lesen, und deshalb half ihm eine Schrift, die am Boden lag. Diese Schrift enthielt die Lösung für seine Rettung."

Es entstand eine erneute Pause. Caracalla ließ die Worte des Schamanen auf sich wirken.

„Das Hängen in einen Baum war ein besonderer Brauch bei den Germanen. Es ist also für die Germanen nichts Ungewöhnliches."

„Ein Mitglied seiner Familie unterrichtete ihn dann später weiter in der schamanischen Kunst. Auch er hatte Hilfsgeister, nämlich zwei Raben und zwei Wölfe. Wichtig ist auch sein achtbeiniges Ross, das übrigens damals auch am Baum festgebunden war. Mit diesem Pferd ritten auch noch andere Götter. Mit ihm gelangte er in die Unterwelt. Alle Widerstände dorthin waren für ihn keine Gefahr. Das achtbeinige Pferd ist nämlich das Schamanenpferd."

Pause.

„Odin kann nach Belieben seine Gestalt wechseln. Er wurde folgendermaßen beschrieben: „Sein Körper lag wie schlafend oder tot da, er selbst aber war ein Vogel oder ein wildes Tier, ein Fisch oder gar eine Schlange. Er konnte in jedem Augenblick in fremde Länder fahren. Entfernungen spielen dabei keine Rolle."

„Übrigens, die Namen der Raben sind „Gedanke" und „Gedächtnis".

Pause.

„Die Sehnsucht nach den Toten wird durch Odin begründet. Er drang auf seinem Pferd in die Unterwelt ein. Er wurde später zum Propheten, indem er sich auf Gräber setzte."

„Warum machte er das?" fragte Sabinus.

„Die Toten kennen die Zukunft. Sie können das Verborgene enthüllen. Der Abstieg in die Unterwelt ist eindeutig schamanisch. Außerdem gibt es Berserker, die Gefolgsleute Odins. Es sind Kämpfer, die als Bären oder Wölfe keinen Feind haben. Sie kämpfen und ihr Körper liegt zuhause. Sie haben sich die tierische Wut zu Eigen gemacht. Dies hat allerdings nichts mit Schamanismus zu tun, denn die Krafttiere der Schamanen sind ja ungefährlich und hilfsbereit. Immer wieder wird Odin seine Magie als schändlich vorgeworfen. Sie sei eines Mannes unwürdig und nur den Frauen vorbehalten."

Pause.

„Odin ist der Gott, der die verschiedenen Arten des Zaubers kennt. Er behauptete sich auch gegen das Feuer. Und er ist der Totenführer. Er lässt die Krieger nach Walhall führen. Von allen Fähigkeiten der Schamanen ist aber die Ekstase bei Odin am stärksten ausgeprägt. Aus dieser Ekstase heraus erwächst seine Kraft."

„Aber auch andere Götter besitzen schamanische Fähigkeiten. Thor etwa oder Loki. Loki ist allerdings der Außenseiter. Er kann sich etwa in eine Otter verwandeln. Er besitzt tatsächlich diese Fähigkeiten. Und noch mehr. Er kann sogar sein Geschlecht verändern."

Eine Pause trat ein und Caracalla schaute Zattomare genau an. Er schien nachzudenken.

„Wie ist der Einfluss dieser Götter auf die Menschen? Was können sie mit ihnen machen, was bewirken sie bei ihnen?"

Zattomare schaute kurz Sabinus an und antwortete dann.

„Neben der Fähigkeit, sich in Tiere zu verwandeln, besitzen diese Götter auch die Kunst, auf Menschen und ihre Umgebung einzuwirken. Sie können einen Menschen unverwundbar machen. Aber, sie können auch erreichen, dass ein Mensch Dinge tut, die er gar nicht machen möchte oder eigentlich auch gar nicht machen kann. Sie haben Einfluss auf das Wetter und auf das Klima."

Wieder Schweigen. Wusste der Kaiser jetzt genug? Reichte ihm das? Aber der Kaiser wollte nicht nur Informationen über die Germanen.

„Im Römischen Reich gibt es auch noch andere Volksstämme. Nämlich die Kelten. Wie lebten sie früher? Was ist bei ihnen anders als bei den Germanen?"

Zattomare schwieg einen Augenblick, dachte nach und sprach dann weiter.

„Wir sind ja die einzige Kulturnation, die davon ausgeht, dass es nur eine einzige Welt gibt. Die alten Völker dagegen gingen aber schon immer davon aus, dass gleichzeitig mehrere Welten vorhanden sind."

Er machte eine kurze Pause.

„Die Kelten nennen es beispielsweise „Anderswelt". Dort leben noch andere Lebewesen außer Menschen. Es sind Feen und Elfen. Sie sind allerdings den Menschen überlegen, denn sie besitzen besondere Fähigkeiten. Sie erkennen das Geisterhafte der Anderswelt. Sie gelten auch als Schöpfer der Menschen. Sie beeinflussen Menschen für ihre Interessen. Sie lenken das Schicksal der Menschen. Sie opfern auch Menschen, wenn sie wollen, dabei sind sie dann auch sehr gefühllos. Sie verführen Menschen, dabei entstehen dann Mischwesen, die zu ganz besonderen Leistungen fähig sind. Sie schüchtern Menschen ein und machen sie für sich gefügig."

Pause.

„Die Kelten selbst empfinden sich als Leibeigene der Feen und Elfen. Trotzdem lieben sie diese. Sie sind ja ihre Schöpfer, egal wie grausam sie sein können. Man opfert sich sogar für sie, um dann in die Anderswelt zu kommen. Feen und Elfen haben mit unserer Natur nichts zu tun. Sie sind die Beherrscher der Anderswelt."

Zattomare schwieg wieder, so als ob er seine Worte wirken lassen wollte. Auch die beiden anderen sagten nichts dazu. Sie warteten, bis Zattomare weiter sprach.

„Für uns erscheint die Anderswelt chaotisch und die Geschichten der Kelten haben meist immer dieselben Themen. Die Feen sind auch immer dabei, neue Geschöpfe hervorzubringen und die alten zu vernichten. Sie sind gleichzeitig Urgötter und Todesgötter. Das ist ihr Gesetz: nämlich erschaffen und töten. Daher auch die vielen Liebschaften. Alle sind liebesgierig. Und um dieses Thema kreisen dann auch die vielen Geschichten. Es herrscht dort nämlich überall Eifersucht."

Wieder machte er eine Pause.

„Die Kelten wissen, dass sie nur die Marionetten der Elfen sind. Sie zappeln an den unsichtbaren Fäden, welche die Elfen bewegen. Aber die Kelten sind trotzdem bereit, sich zu unterwerfen. Etwas anderes gibt es für sie nicht. Sie würden ihre Lebensgrundlage verlieren, wenn sie dies ändern würden."

„Eine räumliche Trennung dieser beiden Welten existiert allerdings nicht wirklich. Das Diesseits ist ihnen bereits ein Jenseits. Das Diesseits ist das verstofflichte Jenseits."

Das mussten beide jetzt erst einmal verstehen. Sie dachten darüber nach. Deshalb machte Zattomare wieder eine Pause.

„Bei den Kelten gibt es eine kleine Bevölkerungsgruppe, die ein sehr hohes Ansehen besitzt und die Druiden genannt werden. Sie widmeten sich zunächst religiösen und philosophischen Fragen. Ihr Einfluss auf die Bevölkerung, aber auch auf die politischen Führer ist später dann ungewöhnlich stark geworden. Sie sind gleichzeitig auch Schamanen und besitzen besondere Fähigkeiten, insbesondere kommunizieren sie mit der Anderswelt."

Zattomare machte eine Pause und dachte nach.

„Es gibt bei Ihnen also keine Trennung von Göttern und Menschen. Es gibt kein hier Götter, dort Menschen und Natur. Das ist für die Kelten völlig unvorstellbar. Die Götter sind überall, auch in anderen Menschen. Das Universum ist der Körper eines größeren Lebewesens und die Menschen sind ihre Zellen. Alle Ereignisse von Leben und Tod sind die Urkräfte dieses Körpers. Die Geschichten über ihre Götter sind schwer zu verstehen. Sie verwirren uns. Für die Kelten ist das aber ganz normal."

Pause.

„Das Diesseits ist die unmittelbare Ausfaltung des Jenseits ins Stoffliche. Das Diesseits ist ein verstofflichtes, verfestigtes Jenseits und spiegelt es haargenau wieder. Ich will ein Beispiel geben."

Pause

Die Götter bringen einen Apfelbaum und eine Blumenwiese hervor. Das sind für uns zwei verschiedene Dinge. Für die Kelten ist es aber nur eines. Beide sind nämlich den gleichen Gesetzen der Götter gehorchend, zwar mit unterschiedlichen Formen, aber gleichem Ursprung, entstanden. Alle Formen lassen sich auf Urformen zurückführen und letztlich auf eine einzige Form, ein göttliches Gesetz. Es ist eine Einheitsphilosophie, an die alle glauben. Das spiegelt sich auch in ihrer Kunst wieder. Sie ist ein übermenschlicher Versuch, die Formenvielfalt als eine Grundform zu erfahren."

Wieder sagten die anderen nichts dazu. Irgendwie schien sie das alles stark zu beschäftigen. Sie tranken Wasser und aßen etwas Obst. Irgendwie auch um sich etwas abzulenken. Dem Gehirn Zeit zu geben, dies alles zu verstehen.

Zattomare sprach weiter:

„Der Mensch kann das Kosmische nur durch das Irdische beschreiben. So sind all die Geschichten der Kelten entstanden. Oder auch die Symbole. Davon gibt es viele. Ich werde euch ein paar Beispiele nennen."

Nach einer weiteren Pause:

„Besonders interessant ist die Insel als Ort des Lebens. Sie ist ein Hinweis auf eine andere Welt. Inseln sind schwer zu erreichen, oft einsam und daher voller Geheimnisse. Dort gibt es auch eine andere Zeit als auf dem Festland. Es ist dort wie im Totenreich, dort gibt es dann ja gar keine Zeit mehr. Wenn es keine Zeit mehr gibt, dann gibt es weder Alter noch Krankheit, aber auch keinen Krieg und keinen Tod."

„Aber Essen und Trinken gibt es dagegen schon. Und das Jenseits wird gerne als die Insel der Frauen beschrieben. Sie empfangen die Männer. Hier hat die Erotik der Kelten ihren Platz."

Wieder machte er eine Pause.

„Es gibt einen Tag, an dem der Mensch Zugang zur Anderswelt bekommt. Dieser Tag wird Samhain genannt. Dieses Wort bedeutet „Vereinigung". Es ist die Nacht zum 1. November. Die Menschen haben dann auch Zugang zu den Elfenwohnungen, die an diesem Tag offenstehen. Sie heißen Sidhe."

„Die Feen und Elfen mögen es aber nicht, wenn ihr Wesen und ihre Fähigkeiten von den Menschen erkannt werden. Sie wollen geheimnisvoll bleiben. Sie versuchen deshalb die Menschen irrezuleiten. Überhaupt ist die Anderswelt mit vielen Hindernissen versehen. Schmale, mit Dornen und vielen Wurzeln versehene Pfade, ein reißender Fluss und Riesen als Wächter versperren den Weg."

Jetzt hatte Zattomare viel gesprochen, aber weder Caracalla noch Sabinus hatten sich gelangweilt. Sie schauten ihn interessiert an.

Er nickte und begann weiter zu sprechen.

„Der Tod ist nicht das Ende, sondern nur ein neuer Tod in einer Kette von Toden, das Leben ein weiteres in einer Kette von Leben. Dabei ist Tod eine Erneuerung denn die Welt muss ständig erneuert werden. Wir sterben, um wiedergeboren werden."

Eine Pause entstand. Zattomare sprach weiter:

„Keltische Geschichten sind wie ein Gestrüpp aus Dornen. Sie sind nur schwer zu entwirren. Sie sollen die Verschlungenheit des Lebens darstellen. Sie sollen uns zeigen, dass einfache Logik nicht ausreicht, unsere Welt zu verstehen. Aber das ist nur vordergründig. In Wirklichkeit ist das Dickicht gar keines. Alles ist eigentlich nur Wiederholung. Immer sind Könige und Königinnen im Spiel. Sie sind aber nur Träger der Gesetze eines geistigen Königtums. Nur das soll dargestellt werden."

Nach einer Pause:

„Das wichtigste Symbol der Kelten ist der Kessel. In jedem Haus steht er auf dem Feuer. Darin werden Pflanzen und Tiere gekocht und gleichzeitig das menschliche Leben erhalten. Ohne Kessel gibt es kein Leben. Der Kessel ist auch das Symbol des Todes. Dieser Kessel wird als Totenbeigabe mit ins Grab gelegt. Je wichtiger die Person war, desto größer der Kessel! Später wurde dann aus dem Kessel der Becher."

„Der Mensch sucht immer nach dem Ursprung. Der liegt in der Anderswelt und die ist bei uns und hat Einfluss auf uns. Auch das wird in vielen Geschichten erzählt. In der Anderswelt muss nicht gearbeitet werden, alles geschieht von selbst, alles ist rein geistig. Körperliche Arbeit ist dort sinnlos, denn alles wird geistig erzeugt. Wir überleben den Tod und werden wiedergeboren."

Niemand stellte mehr Fragen. Zattomare hatte beide zum Nachdenken gebracht. Die Fragen würden dann später noch kommen.

19. Der letzte Tag

Der Abend war schon kühl, denn es war ja auch bereits Herbst. Sie waren nach dem Gespräch auseinandergegangen, und der Kaiser wollte nochmals Phoebiana besuchen.

Zattomare stand wieder vor dem Limestor. Dieses Bauwerk faszinierte ihn doch sehr. Hier in dieser Wildnis, am Beginn des Barbarenlandes stand dieses geschmückte Tor. Vier Säulen und in der Mitte der Durchgang. Er ging ein paar Schritte vor.

Sie hatten über dem Durchgang nun eine Inschrift angebracht. Die Buchstaben waren so groß, dass man sie von unten gut lesen konnte. Es wurde auf den 11. August 213 hingewiesen, an dem Kaiser Caracalla den Limes passierte, um in das Land der Barbaren zu gelangen. Siegreich mit allen Ehrenbezeichnungen kam er zurück. Er dankte allen Göttern, ganz besonders aber Apollo Grannus für die glückliche Heimkehr.

Zattomare ging in den Durchgang hinein.

Jetzt fiel ihm im Durchgang auf der rechten Seite eine kleine Inschrift auf. Dort wurde hingewiesen, dass ein gewisser Gaius Suetrius Sabinus, Statthalter der Provinz Raetien zu Ehren des Kaisers Caracalla dieses Prunktor gestiftet habe.

Zattomare ging nun wieder zurück und betrachtete erneut die Fassade. Sie war die sogenannte Schauseite und blickte ins römische Reich. Der Ort war ideal, denn schon von weitem konnte man das Tor sehen, weil es ja auf einer Anhöhe stand. An der rechten seitlichen Kante stand die überlebensgroße Statue des Kaisers. Sie glänzte in der Sonne.

Plötzlich war Sabinus neben ihm.

„Danke für deinen Vortrag über die Schamanen der Germanen und Kelten. Der Kaiser war sehr angetan. Ich glaube, Du hättest noch viel mehr erzählen können. Wir hatten ja noch gar nicht über die Schamanen bei den Griechen gesprochen, die ja ebenfalls bedeutende Schamanen hatten. Aber, ich glaube, das muss ein anderer machen, wenn der Kaiser übermorgen donauabwärts Richtung Nikomedia weiterreist."

„Du hast Recht. Ich hätte viel noch über Orpheus, den berühmtesten Schamanen der Griechen berichten können. Er ging in die Unterwelt, um seine Frau Eurydike zurückzuholen. Er sang, machte Musik und sprach mit den Tieren. Er war wirklich ein ganz großer Schamane."

Da standen sie nun vor dem Limestor und unterhielten sich über Orpheus.

„Weißt Du, dass ich schon Ende Dezember wieder von hier abreisen werde? Meine offizielle Statthalterschaft in Raetien wird nur insgesamt drei Monate dauern. Dann werde ich wieder nach Rom zurückfahren und dort ordentlicher Konsul werden."

Zactomare schaute ihn verblüfft an.

„Ja, die Statthalterschaft ist ein gutes Sprungbrett in die Politik. Das reizte mich. Und meine Familie ist ja noch immer in Rom, die sind ja gar nicht mit an den Limes gekommen. Die will ich wieder um mich haben. Die sind glücklich, dass ich wiederkomme. Ja, so ist das Leben!"

Es entstand eine Pause.

„Und Du? Gehst du wieder zurück in deine Berge?"

„Ja, ich muss! Da komme ich her, dahin gehe ich wieder zurück. Da ist meine Bodenhaftung. Da bin ich verwurzelt. Natürlich könnte ich überall auf der Welt arbeiten. Aber dort, wo ich herkomme, kann ich meine Fähigkeiten am besten einsetzen. Dort versteht man mich. Meine größte Aufgabe wird ja sein, noch einen Nachfolger für mich zu finden. Dem Volk ist das sehr wichtig und Sagomare liegt mir damit ständig in den Ohren. Er hat einen seiner Söhne, nämlich Cintugene, dafür vorgeschlagen. Aber es ist immer dasselbe, die jungen Leute wollen heute keine Verantwortung mehr übernehmen. Dieses Amt ist schwierig. Ich kenne das ja von mir selbst. Aber einer muss es machen. Das ist auch allen klar."

Sie gingen ein paar Schritte an der Fassade vorbei und standen dann an der Mauer. Es war das Teilstück, das nach dem Einmarsch der Truppen ins Barbarenland wieder aufgebaut worden war. Es war sorgfältig gearbeitet worden, das konnte man sehen. Man wollte auch dem Kaiser demonstrieren, wie gut die Arbeit ausgeführt worden war. Die Grenze war nun wieder geschlossen.

Sabinus zeigte auf die Mauer.

„Weist du, am Anfang war hier alles noch sehr primitiv. Das ist allerdings jetzt doch schon über 50 Jahre her. Genaugenommen im Frühsommer 161 haben sie hier die ersten Holzpfosten in den Boden gerammt. Zwischen die Pfosten haben sie dann nur das Flechtwerk geschoben. Das war das erste Annäherungshindernis für die Fremden. Und natürlich haben sie auch einen Turm hier an dieser Stelle gebaut. Von hier kannst du ja das Land sehr gut überblicken."

Sie gingen nun weiter. Zattomare sagte nichts dazu.

„Und das besondere ist, dass sie eine kleine Lücke im Flechtwerkzaun gelassen hatten. Einzelne Personen konnten hier unter der Kontrolle der Grenzposten hindurchgehen. Der Zaun wurde ein kleines Stück zu uns ins Land hinein weitergeführt, somit war der verdeckte Durchlass auf 5 Meter Länge sehr schmal. Die Leute mussten sich also am Wachturm vorbei-zwängen. Durch den Zaun konntest du deshalb auch nicht zu uns ins Land hineinschauen. Das war schon ganz pfiffig ge-macht."

Als er das sagte, grinste er Zattomare an. Dieser nickte zu-stimmend.

„Das Ganze hat aber nur etwa 5 Jahre gehalten", fügte er noch schnell an.

Zattomare schaute ihn an.

Be de gingen durch das Tor hindurch und standen dann auf der Rückseite. Sie waren nun wieder im Barbarenland.

„Im Frühjahr 166 haben sie dann den einfachen Flechtzaun wieder entfernt und eine stabilere Palisade aus Eichenstämmen etwa 3 Meter vor dem alten Zaun errichtet."

Sie gingen gemeinsam ein paar Schritte weiter.

„Auch damals war der Durchlass verdeckt gehalten. Aber sie hatten dann schon einen kleinen Hof gehabt für die Grenzkon-trolle und es war auch schon Platz für ein Pferd. Du konntest jetzt also mit deinem Pferd durch die Grenzanlage kommen. Das war sicher ein weiterer Fortschritt"

„Aber das war ja nicht alles. Es wurde immer weitergebaut. Wahrscheinlich gab es an der Grenze jetzt auch immer mehr zu tun, weshalb sie an der östlichen Seite einen quadratischen Anbau uns Holz anlegten. Ein richtiges Wachlokal, eine Feld-wache, mit Stuben. Der Grenzverkehr hatte zu dieser Zeit doch schon ganz erheblich zugenommen, das war im Jahr 175."

Sabinus schwieg eine Weile. Zattomare sollte so alles auf sich wirken lassen können.

„Dann wurde der alte Holzwachturm aber doch immer baufälliger. Sie hatten sich dann 20 Jahre später, also im Jahr 195 dazu entschlossen, einen neuen aus Stein zu bauen. Der kam dann dorthin im Nordosten und stand etwa 7 Meter hinter der Palisade."

„Im Jahr 206 kam dann die richtige Steinmauer. Das war natürlich eine wesentliche Veränderung. Eine deutliche Verbesserung, würde ich sagen. Und sie haben auch den etwas mehr als 10 Jahre alten steinernen Wachturm wieder abgebrochen. Und auch die hölzerne Feldwache. Dafür kam das Steinhaus, das neue Torgebäude, das ja noch immer hier steht, und das direkt an die steinerne Mauer grenzt. Den Wachturm haben sie ganz aufgegeben. Du siehst ja keinen mehr. Und jetzt ist auf der Südseite die Prunkfassade hinzugekommen. Das ist jetzt die letzte Ausbaustufe."

Sie gingen wieder zurück auf den Platz vor dem Tor und schauten auf das Tor zurück. Die Fassade überragte das dahinterliegende Grenzgebäude komplett. Der Durchgang hatte jetzt eine Breite von etwas mehr als 2 Metern. Auf beiden Seiten erkannte Zattomare das aufwendige Netzmauerwerk, über das ihm schon andere berichtet hatten.

Sabinus verabschiedete sich und hatte vor, in Phoebiana wieder mit Caracalla zusammenzutreffen.

Zattomare dachte an Luguvale und Cintugene. Er hatte sie heute noch gar nicht gesehen.

Er fand sie in einem der Nebengebäude seitlich vom Prunktor. Sie saßen dort und unterhielten sich mit dem Wachpersonal. War ihnen inzwischen langweilig geworden? Vielleicht!

Zattomare setzte sich zu ihnen und hörte zu. Sie sprachen über die Bezahlung im römischen Heer. Alle hatten eine Gehaltserhöhung durch Caracalla bekommen.

„W r haben zu unserem Lohn nochmals die Hälfte dazubekommen. Das war gut so, denn das Leben wird ja immer teurer."

De Soldat machte eine Pause.

„Also warten wir jetzt schon auf die nächste Erhöhung. Die Germanen sind an allem schuld. Sie verderben die Preise. Sie wo len alles haben, egal, was es kostet und für uns bleibt dann nicnts mehr übrig. Aber denen haben wir es gezeigt. Blitzschnell waren wir dort und ruckzuck waren sie besiegt. Jetzt können wir wieder mehr mit unserem Geld kaufen. Das war auch wirklich höchste Zeit."

Zattomare schaute sich um. Auch im hinteren Teil des Gebäudes saßen Soldaten und unterhielten sich. Alle schienen recht entspannt zu sein.

„Es ist gut, dass es den Limes gibt!"

sprach der andere Soldat weiter,

„der hält uns diese ganze Sippschaft vom Hals. Wir wollen die doch hier gar nicht haben. Mit denen gibt es ja nur immer Ärger. Sie wollen genau das haben, was uns gehört. Das geht doch nicht. Ich würde die Mauer noch um 1 bis 2 Meter erhöhen. Wer kommt, wird sofort festgenommen und eingesperrt."

„Und das schärfste ist, wenn sie bleiben dürfen, dann wollen sie sofort ihre ganze Familie nachholen. Ich kriege noch die Krise! Sir d die noch zu retten!"

Der andere Soldat schaltete sich nun auch wieder ein.

„Vor vier Wochen haben wir unsere Sprecher zu Sabinus geschickt und gefordert, dass dringend eine Änderung eingeführt werden muss, dass das nicht mehr so weiter geht."

„Bis jetzt ist allerdings noch nichts passiert", bemerkte der andere und schüttelte den Kopf.

Zattomare hatte eigentlich keine Lust mehr zuzuhören, entschloss sich dann aber doch noch zu einer Frage.

„Habt ihr denn jetzt das Römische Bürgerrecht wirklich bekommen? Der Kaiser hat doch die Constitutio Antoniniana eingeführt."

Jetzt seufzten beide tief durch.

„Wir sind zwar jetzt Bürger, aber wir müssen dafür viel mehr Steuern bezahlen. Vorher musste man 25 Jahre im Heer dienen, um das Bürgerrecht zu bekommen, jetzt ist aus dem Ehrenprivileg ein Allgemeingut geworden. Aber zu welchem Preis? Wir müssen jetzt doppelt so viel Erbschaftssteuer bezahlen. Und zu den alten Steuern sind noch die römischen Steuern hinzugekommen. Das finden wir nicht so gut. Das frisst uns die Lohnerhöhung nämlich fast wieder weg."

Die römischen Soldaten waren selbstbewusst. Sie kannten ihre Bedeutung für die Sicherheit des Reiches.

Zattomare blickte zu Cintugene und Luguvale, nickte ihnen zu und bewegte den Kopf kurz nach rechts zum Zeichen des Aufbruchs. Alle erhoben sich und grüßten die Anwesenden. Draußen war die Sonne bereits untergegangen und die Nacht heraufgezogen. Sie blieben stehen und zogen die kühle Luft ein.

Morgen würden sie die Heimreise antreten. Zuhause hatte sicherlich schon der Winter begonnen. Man musste wieder durch Schneeberge stapfen. Aber die Freunde und Verwandten würden begierig sein, die ganzen Geschichten, die sie erlebt hatten, zu hören.

20. Abschied

Die Nacht war schnell vorüber und der Abschied kam näher. Es war Sabinus, der sie noch verabschiedete und dafür sorgte, dass sie unbehelligt wieder zu Hause am Selvasee ankamen.

Der Kaiser selbst hatte ihn beauftragt, ihnen seinen Dank auszusprechen. „Er gehe seiner Heilung stetig entgegen und er, Zattomare, habe einen erheblichen Anteil an seiner Genesung. Er wünschte sich sehr, zu einem späteren Zeitpunkt wieder mit ihm zusammenzutreffen. Bis dahin lebe er wohl".

Der Kaiser war von Phoebiana bereits nach Nikomedia unterwegs, das inzwischen in der Türkei liegt und heute Izmit heißt.

21. Schamanische Reise

Eine schamanische Reise ist eine Reise nach innen, in die Tiefen unseres Bewusstseins. Diese Reise ist möglich durch eine Änderung des Bewusstseinszustandes. Diese Änderung kann durch verschiedene Praktiken hervorgerufen werden. Es ist eine Form der Ekstase, die unterschiedlich ausgeprägt sein kann. Es kommt dabei zu einer Veränderung zur nichtalltäglichen Realität.

Sagomare wollte alles genau wissen.

„Was hast Du mit ihm gemacht? Hast Du ihn von seinen Grausamkeiten abgebracht?"

Zattomare wurde kleinlaut. Er wollte eigentlich keinen Kommentar dazu abgeben und sich lieber auf die Schweigepflicht berufen. Aber Sagomare ließ einfach nicht locker.

„Es hat sich nichts Entscheidendes ergeben", fing er an. „Du weißt ja, wir Schamanen reagieren erst, wenn der Patient es verlangt. Und er hat eine schamanische Reise nicht verlangt. Er hat mich nicht beauftragt, für ihn die Reise zu machen und Informationen einzuholen. Also habe ich es auch nicht getan."

„Aber, was hast Du dann die ganze Zeit gemacht. Ihr wart doch wochenlang zusammen. Da muss doch so etwas möglich sein!"

Zattomare schwieg. Was er nun sagen würde, klänge immer nur wie eine Entschuldigung.

„Nein, er wollte nicht. Seine Götter waren ihm wichtiger. Diesen Apollo Grannus verehrte er sehr. Davon ließ er sich auch nicht abbringen. Aber der konnte ihm nicht wirklich helfen. Aber bis er das erkannt hatte, war es dann zu spät. Er ist ja auch sofort weitergereist. Er hatte überhaupt keine Zeit mehr dafür."

Sie schwiegen. Sagomare hatte verstanden. Irgendwie hatte er das ja auch schon geahnt. Ein Kaiser konnte sich unmöglich auf einen Schamanen eines Bergvolks einlassen. Das ginge auf keinen Fall.

„Hast Du über Deine eigentliche Arbeit mit dem Kaiser auch gesprochen?"

„Ja natürlich. Er hat sich alles aufmerksam angehört. Ich glaube, er hat auch alles verstanden. Aber, er wollte nicht. Er hat nicht geglaubt, dass ein Schamane ihm helfen könnte. Wir hatten gute Gespräche, aber mehr auch nicht."

Sie saßen oberhalb des Selvasees und schauten auf das Wasser. Es war jetzt sehr ruhig. Vor ein paar Tagen hatte es geschneit, aber der Schnee war inzwischen schon wieder weggetaut. Es würde noch etwas dauern, bis er dauerhaft liegenbleiben würde.

„Und wie geht es jetzt mit ihm weiter?", wollte Sagomare wissen.

„Es ist alles erledigt!", er ist weg und wird uns nicht mehr um Hilfe bitten."

„Und, wie geht es mit dir weiter?" Wann wirst du aufhören? Wann wirst du deinen Nachfolger bestimmen?"

Zatomare seufzte tief und schaute wieder zum See hinab. Cintuçene war nicht begeistert gewesen. Er glaubte nicht, dass er jemals dieses Amt übernehmen könnte. Plötzlich hatte er aber eine andere Idee.

„Könntest Du Dir vorstellen, dass eine Frau dieses Amt übernehmen könnte?"

Sagomare sagte nichts dazu.

„Könntest du dir vorstellen, dass deine Tochter Tapara dieses Amt übernehmen könnte?"

„Meine Tochter Tapara, eine Frau, soll unsere Schamanin werden?"

„Sie ist klug, keine Frage. Aber sie ist ein Mädchen. Ich tue mich schwer bei diesem Gedanken. Sie ist wissbegierig, ja, aber sie ist ein Mädchen. Wir hatten immer Männer, starke Männer, deshalb fällt es mir wirklich schwer, mir das vorzustellen. Letztendlich müssten wir sie fragen, was sie dazu meint."

„Aber dieser Gedanke hat schon etwas, da muss ich dir rechtgeben. Wenn die Männer nicht können, dann müssen die Frauen halt die Arbeit machen."

Sie saßen noch lange da und blickten auf den See. Die große Politik hatte sie gestreift, aber sie war weitergezogen.

Ende

Es war der 11. August 213 n. Chr. Das römische Heer begann am Limestor in Dalkingen einen Feldzug ins Barbarenland. Der römische Kaiser Caracalla war persönlich vor Ort. Es ging ihm gesundheitlich aber nicht gut.

Er hatte deshalb den Schamanen Zattomare als Begleiter mitgenommen.

Caracalla galt als grausam und unberechenbar.

Es war eine Atmosphäre des Misstrauens. Der Kaiser vertraute niemandem und seine Umgebung musste sich ständig vor ihm fürchten

Der Feldzug gegen die Barbaren endete siegreich.

Dem Kaiser zu Ehren wurde das Limestor als Triumphtor errichtet. Es war die Kopie eines Triumphbogens in Volubilis in Nordafrika.

Zattomare stellte dem Kaiser das Wesen des Schamanismus vor. Er hoffte, dass sich der Kaiser auf seine Behandlungsmethode einlassen würde.

Beide besuchten zusammen die Apollo Grannus Heiligtümer in Phoebiana (Faimingen an der Donau) und Civitas Aurelia Granni (Neuenstadt am Kocher).

Der Kaiser war zwar häufig im Gespräch mit dem Schamanen, aber er konnte sich zu keiner schamanischen Behandlung entschließen.

Er reiste weiter zu den Brennpunkten seines Reiches.

Danksagung

Bei meiner Frau Jutta Stoerl Strienz bedanke ich mich für ihr Verständnis für meine Arbeit.

Weitere Titel bei BoD:

„Das Quantenfeld" (2013) ISBN 978-3-8482-4723-3

„Ritomare" (2015) ISBN 978-3-7386-4824-9

„Ritux" (2016) ISBN 978-3-7412-2451-5

Weitere Informationen unter: www.joachimstrienz.de